AF397425

Gresina Szilvia

Kiküldetésben Rómában

*A történet és a szereplők csupán a képzelet szülöttei,
minden hasonlóság vagy azonosság
pusztán a véletlen egybeesés műve.*

novum pro

© 2022 novum publishing

ISBN 978-3-99131-232-1
Lektor: Sósné Karácsonyi Mária
Borítóképek: Diana Eller,
Michael Piepgras,
Anton Aleksenko | Dreamstime.com
Borító, tördelés & nyomda:
novum publishing

www.novumpublishing.hu

Minden jog fenntartva,
beleértve a mű film,
rádió és televízió, fotómechanikai
kiadását, hanghordozón és
elektronikus adathordozón való
forgalmazását, valamint kivonat
megjelentetését, illetve az
utánnyomását is.

Nyomtatva az Európai Unióban
környezetbarát, klór- és savmentes,
fehérített papírra.

ELSŐ FEJEZET

Az érkezés

Ragyogó, verőfényes októberi nap fogadta a KLM 829-es járatának utasait, ami Rómában természetesen nem szokatlan, ám a holland ködös hajnali indulás után Lorain számára maga volt a csoda. A csomagok felszedését követően hamarosan rátalált a nevét hirdető táblával várakozó sofőrre, aki nagy örömmel üdvözölte, vette át tőle nem kevés poggyászát, s kalauzolta őt a repülőtér parkolójában várakozó autóhoz. Az úton, miközben a sofőr áradó beszámolóját hallgatta arról, milyen nagyszerűen fogja magát érezni a kollégái között az Örök Városban, ámulattal szemlélte az egymás után felbukkanó, lenyűgöző műemlékeket. Ugyan Lorain régész–művészettörténészi diplomájának köszönhetően többször is járt már Rómában hosszabb-rövidebb ösztöndíjakkal, de az előtte álló ötéves kiküldetés megannyi meglepetése addig ismeretlen, várakozással teli érzéssel töltötte meg lelkét.

Miután átszelték a várost a via Maglianától a Villa Borgheséig Lorain máris a Valle Giuliában fekvő via Omeróban, új otthonában és munkahelyén, a Holland Intézetben találta magát. Jól ismerte a helyet, tudta, hogy a Nederlands Instituut te Rome (Istituto Olandese di Roma) kutatásokat folytat a művészettörténet, a régészet és a történelem terén, a holland kultúrát képviseli és terjeszti Olaszországban, előmozdítja a két ország egyetemközi kapcsolatait, konferenciákat, kiállításokat és koncerteket szervez és tart. Azonban amikor kutató ösztöndíjasként járt itt, még álmaiban sem remélte, hogy egyszer majd munkát kap itt. A titkárnő nyomban bejelentette érkezését az igazgatónál. Paul Veltmann egy sudár termetű, kisportolt, hatvanas éveiben járó, szőke hajának köszönhetően alig őszülő férfi volt, aki a holland tengerészkapitányokra emlékeztető pipával a kezében fogadta Lorain személyében új művészeti titkárát.

– Isten hozta, doctor Hennes, remélem, jól utazott! – kezdte a beszélgetést az igazgató. – Tudom, többször is volt már nálunk ösztöndíjas az elmúlt években, ezért talán nem érezte különösnek Antonio vezetési stílusát. Vezetett már Rómában?

– Még nem, ösztöndíjasként csak gyalogosan és tömegközlekedési eszközökkel jártam – válaszolta Lorain higgadtan, de nagy tisztelettel.

– Na, sebaj, majd megszokja az itteni, szinte teljesen szabály nélküli lendületet. Ha berendezkedett, majd holnap jöjjön be hozzám ismét, hogy megismertethessem a munkájával. Azzal megnyomta a telefon egyik gombját, és bekérette a gondnokot.

– Elsőként hadd mutassam be önnek gondnokunkat, Signor Gianluigi Colombarit, azaz Gigit, akire számíthat minden műszaki és technikai kérdésben, s majd ő átkíséri a lakosztályába. Este pedig a feleségemmel szeretettel várjuk vacsorára; itt lakunk a kert másik végében lévő rezidenciában, el sem tudja téveszteni.

Ezzel el is köszöntek egymástól, s végre úgy tűnt, Lorain megpihenhet saját lakrészében eseménydús napja után. A XV. Lajos korabeli stílusban bútorozott apartman a Villa Borghese csendes parkjára nézett, ahonnét egy szökőkút üdítő csobogása hallatszott halványan. A lakosztály napfényben úszó szalonja egy tágas előszobából nyílt, s szintén onnan volt megközelíthető a konyha is. A szalon délkeleti sarkából nyílt két hálószoba egy-egy fürdőszobával. Egyedül a szalon rendelkezett két égtáj felé is ablakokkal, így a Viale delle Belle Arti forgalma nem engedte elfeledni lakójának a város lüktető ritmusát. Lorain, amint felfrissült egy forró zuhany alatt és elrendezkedett, már indulhatott is, hogy eleget tegyen az igazgató szívélyes vacsorameghívásának.

Különösen figyelmes és vendégszerető fogadtatásban volt része, és Ingrid, az igazgató felesége anyáskodó gondoskodással vette körül. Lorainben mindez azonban kis aggodalmat ébresztett; attól tartott ugyanis, hogy az igazgató felesége – jobb elfoglaltság hiányában – majd őt szándékozik pótmamaként felkarolni. A vacsora ennek ellenére remekül telt, és sok közös ismerőst és emléket tártak fel a beszélgetésük során.

Másnap délelőtt tíz órára várta az igazgató az irodájában, hogy bemutassa őt a munkatársaknak és megismertesse vele feladatait. Az Intézetben nem sokan dolgoztak: a gondnokon és a sofőrön kívül, akiket már megismert, csupán három embert mutattak be neki: Julienne Beckert, a titkárnőt, Nickolas de Bakkert, a tudományos titkárt, és Daniel Pricket, a gazdasági vezetőt. Ezután az igazgató bekísérte irodájába és megismertette vele az éves rendezvénytervet, amelynek finomítása, színesítése és megszervezése mind rá várt.

– Tudja, Miss Hennes, az ön munkája különös fontossággal bír intézetünk életében, ezért a legnagyobb odafigyelést és precizitást várom öntől. Továbbá kérem, minden programról és eseményről jó előre számoljon be nekem.

– Úgy lesz, igazgató úr, mindent el fogok követni az Intézet kulturális életének sikeréért.

– Remek, pontosan ezt szerettem volna hallani. Most menjen, és ismerkedjen meg a munkatársaival és az irodájával.

Loraintől nem állt távol új munkaköre, még ha korábbi, tudományos elmélyüléssel járó tevékenysége során nem is kapott ennyi lehetőséget kulturális események megszervezésére és levezetésére, így ambiciózusan kezdett neki az Intézet eseménynaptára áttekintésének és saját feladatai körvonalazásának. Délben Gigi, a gondnok felajánlotta, hogy megmutatja neki a legközelebbi bevásárlási lehetőségeket, s elmondta, hogy amíg nem vesz saját autót, addig használhatja az Intézet személyzeti Audiját, vagy ha távolabbra szeretne utazni, az igazgató hozzájárulásával igénybe veheti Antonio vezetésével a Mercedest, amivel a repülőtérről behozták.

Az éléskamrája feltöltése után nekifogott, hogy megírja az elkövetkező kortárs zenei koncert előadóinak rövid bemutatását és elkészítse a koncert programját, amire a titkárnő már kiküldte a meghívókat. A hét második felében pedig az igazgató és elődje által előkészített, modern holland festők képeiből álló kiállítást kellett megnyitnia, aminek szintén izgalommal tekintett elébe. El is döntötte, hogy megnézi a galériában, hogyan sikerült az installálás, s rendben van-e minden. Amint beért a galériába, látta, hogy de Bakker van Gogh önarcképe előtt álldogál; látszott, hogy mennyire megérintette a kép. Melléllépett és azt mondta:

– Lenyűgöző, ugye?

– Áh, ön az! Egészen belefeledkeztem a kép szépségébe, tényleg bámulatos.

– Örülök, ha a tudományos terület képviselője így érdeklődik a művészet iránt. Bevallom, én is szeretem a tudományos értekezleteket, történelmi előadásokat és irodalmi esteket hallgatni, még ha nem is az én szakterületem.

– Ez jó kezdet a közös munkához. Úgy hallottam, ön régész is, én pedig történész és filozófia szakon végeztem, de nagyon fontosnak tartom a nyitottságot más diszciplínák iránt. Ebben a munkában pedig ez különösen fontos, hiszen nem feltétlenül kell önnek sem zenekritikusnak lennie, hogy megszervezzen egy jó koncertet, elég, ha meghívja a szakértőket. No, de nem is akarom feltartani a kiállítás ellenőrzésében, hiszen holnapután lesz a megnyitó. Azért, ha nem veszi tolakodásnak, nagy örömet szerezne, ha e kellemes beszélgetést egy ebédnél is folytathatnánk.

– Nagyon kedves. Miért is ne? Nem zárkózom el, de ezekben a napokban örülök, ha belerázódom a munkába. Nagyon sok tennivaló vár rám, de ha van kedve, csatlakozhat hozzám a hétvégén egy városnézéshez, amit már alig várok, hiszen egy régész számára az ókor fellegvára különösen nagy vonzerővel bír.

– Nagyon szívesen, és közben az ebédre is sort keríthetünk. Melyik nap legyen?

– Rendben, akkor legyen szombaton reggel, 9-kor, a kertkapunál.

– Ott fogom várni. Nos, további jó ténykedést kívánok – s ezzel magára hagyta Loraint a képekkel.

A kiállítás nagy érdeklődésre tarthatott igényt, hiszen az amszterdami Szépművészeti Múzeumnak köszönhetően olyan művészek remekeit lehetett megcsodálni, mint Vincent van

Gogh, Jan Toorop, Jan Thorn-Prikker, Kees van Dongen, Jan Sluyters, Jozef Israels, Johan Barthold Jongkind, Jakob Matthus és a Willem Maris testvérek, valamint Antoine Mauve és Hendrik Mesdag.

Szombat reggel, mire Lorain leért a kertbe, de Bakker már ott várakozott. Sebtében üdvözölték egymást, és indultak is a centro storico felé. Lorain kívánságára először a Fórummal kezdték és felmentek Traianus oszlopára, hogy onnan is megcsodálják az ókori remekművek maradványait, amelyek körülvették őket. Aztán a Colosseummal folytatták, s végül a Palatinus beszédes romjainak megszemlélése után elérkeztek Livia házához, amit szintén nagy áhítattal jártak be. Ritka példája e ház – amely valójában egy palota – az ókori falfestészet mestermunkájának. Bizony már délután két óra lett, mire a Pantheonhoz is ellátogattak, ami Lorain kedvenc – ha egyáltalán lehet ilyet mondani egy régész szemszögéből – ókori építészeti remekműve volt, s végre elérkeztek a Minerva Hotel tetőteraszára, ahol kellemes fáradsággal a testükben megrendelhették jól megérdemelt ebédjüket.

– Látom, szereti a tenger gyümölcseit. Én is rajongok értük.

– Igen, nagyon szeretem őket.

– Úgy gondolom, e szép kirándulás és a következő öt év közös munka alapján – ha nem veszi tolakodásnak – megkérhetem, szólítson Nicknek.

– Jó, Nick, te pedig engem Lorynak, de kérlek, az intézetben, a többiek előtt maradjunk meg a hivatalos hangnemnél; nem szeretném, ha félreértenék a helyzetet.

– Természetesen, ahogy óhajtod, Lory. Örülök, hogy az első két programod ilyen jól sikerült, valóban minden elismerést megérdemelsz azért, ahogyan levezetted őket.

– Köszönöm, nagyon kedves vagy. Igyekeztem nem csak minden tőlem telhetőt megtenni, de minden lehetséges követ megmozgatni.

Ebéd után visszatértek az intézetbe, s kezdődő barátságuk jeleként megegyeztek, hogy a következő hétvégén, a rómaiakhoz hasonlóan, kerékpározni mennek a via Appia Anticára.

Az elkövetkező hét sűrű programja ellenére Lornak sikerült rövid kis sétákat tennie a mellettük elterülő Villa Borghesében, és ellátogatni a minden régész álmaiban szereplő múzeumba, a szintén a közelben lévő Villa Giulia Etruszk Múzeumba. E séták jót tettek a gondolatai rendszerezésének is, tekintve, mennyi új személyt, helyet és adminisztratív eljárást kellett megismernie, és a gördülékeny munka érdekben jól megjegyeznie. Mindebben sokat segített a tény, hogy Lorain kivételesen jól szervezetten vezette személyes programjait is, így élete központjában a naplója állt, amibe természetesen nem kislányos gondolatokat firkálgatott, hanem az elkövetkező tennivalóit jegyezte le, valamint az elmúlt események után az azokkal kapcsolatos új információkat rögzítette.

A közvetlenül a Holland Intézet mellett fekvő Villa Borghese, azon túl, hogy a világ egyik legszebb művészeti gyűjteményét rejtette, kiváló délutáni pihenőhelynek is bizonyult. A XVII. században, barokk stílusban épült Kaszinó épülete adott otthont a mai Museo e Galleria Borghesének, ami a Borghese család Scipio Borghese (Bernini róla készített mellszobra is itt látható) által alapított, nem túl nagy, de kiemelkedő szépségű szépművészeti gyűjteménye. Itt látható többek között Canova *Paolina Borghese*-szobra, Bernini *David*, valamint *Apollo és Daphne,* továbbá *Proserpina elrablása* szobrai. Mindezen gyönyörűségeket természetesen ókori római mozaikok és szobrok kísérik. A magukkal ragadó festmények közül elég csak néhányat megemlíteni, hogy a Galéria hangulata és művészi értéke átérezhető legyen: itt csodálható meg Pinturicchio *Keresztre feszítés* című képe, Raffaello *Nő az egyszarvúval* alkotása, valamint Fra Angelico *Utolsó ítélet* és *Krisztus mennybemenetele* művei, valamint több Caravaggio, Correggio és Tiziano-mű is. Lorain nem csak művészeti értéke miatt becsülte nagyra e parkot, hanem üdítő természeti környezete miatt is, ahol egy csobogó szökőkút melletti kis padon vagy a tónál jól lehetett olvasgatni, s a lélekemelő környezetben ötleteket meríteni a következő kulturális programokhoz. Szinte meg sem lepődött, hogy egy ilyen békés délutáni elmélkedése idején Nick köszönt rá, aki elismerte, maga is előszeretettel jár ki a Villa

Borghesébe hasonló céllal. Lorain maga mellé invitálta őt, s miután jól kitárgyalták a park előnyeit és tulajdonságait, mély csendbe merülve bámulták a tavacskán úszkáló hattyúkat és a körülöttük nyüzsgő gyerekeket. Hosszú ideje először érezte úgy, hogy valakivel a csendben is megértik egymást.

A hét gyorsabban elszaladt, mint azt várta. A heti két koncert és egy művészeti konferencia kimerítő szervezése és lebonyolítása után Lorain örömmel telve sietett a Nickkel megbeszélt találkozóra a Via Appia Anticára, ahol megelégedettségére Nick már a kibérelt kerékpárokkal várta őt.

– Szervusz, már azt hittem, sosem érsz ide. Nem tudom, miért kellene különben titkolni az intézet munkatársai előtt, hogy barátság van köztünk. Legközelebb indulhatnánk együtt már a rezidenciáról – fakadt ki Nick.

– Szervusz. Jó, tulajdonképpen igaz, de tudod, milyenek az emberek; rögtön kombinálni kezdenek.

– Szerintem pedig higgyenek, amit akarnak, ha mi jól érezzük magunkat egymás társaságában, akkor semmi közük hozzá, hogy azt mennyire óhajtjuk elmélyíteni.

– Na igen – válaszolta megadóan Lory, kissé elfordulva zavarában, s hogy elterelje a szót, hozzátette: – Akkor talán induljunk, s gyönyörködjünk az ókori hangulatot talán a legmegragadóbban és hétköznapibban érzékeltető Appia Anticában. Végül is ezért jöttünk, nem?

Azzal a kerékpárok nyergébe pattantak, és elindultak együtt felfedezni a napsütésben ragyogó ókori emlékeket.

Az ókorból legépebben megmaradt út megcsodálása után megnézték a két leghíresebb katakombát, a Szent Sebestyént és a San Callistót, s már jócskán délután kettő után tértek be egy borostyánnal teljesen befuttatott, hangulatos étterembe, hogy megebédeljenek.

– Nagyon szép nap volt – mondta Nick, s kissé elpilledve kényelmesen hátradőlt a széken.

– Igen, szerintem is – válaszolt röviden Lory, belefeledkezve az étlapba.

– Igazán megismételhetnénk. Rómában van elég látnivaló; ütemezzünk be időnként egy-egy ilyen kirándulást. Mit szólsz?

– Jó. Miért is ne? Ha megbocsátasz, én kimegyek a mosdóba. Nekem rendelj egy vongole veracés spagettit, és utána egy tál sült tintahalat zöldsalátával – s azzal már ki is penderült a székéből a mosdó irányába. Mire visszaért, az étel már gőzölögve várta őket, de Nick udvariasan kitartott, és csak Loryval együtt kezdett hozzá a falatozásnak.

Az ebéd igencsak elhúzódott; elegáns kimértséggel és sok beszélgetéssel, amolyan római módon, s így már majdnem öt óra volt, mire hazaértek a rezidenciára.

– Akkor hát itthon volnánk – mondta Nick kissé zavartan, mert egyre nagyobb vonzalmat érzett a lány iránt. – Köszönöm, hogy velem tartottál! – Odahajolt Lorain arcához, s lágyan megérintve ajkával rálehelt egy csókot. Lorain magának sem vallotta be, hogy arcuk összeérintésekor megmagyarázhatatlan bizsergést érzett a testén átszaladni, és nem is tulajdonított neki különösebb jelentőséget. Jó barátságot remélt csak kialakítani a fiúval. Röviden megköszönte a szép napot és már sarkon is fordult, s a következő hét reá váró tennivalói körüli gondolatok öntötték el az agyát.

MÁSODIK FEJEZET

Belerázódás a napi teendőkbe

Lorain külön feladatként megkapta az igazgató fiának, Philnek a művészi képzését is amolyan mellékes szívességként, ami miatt Poul Veltamann és neje, Ingrid, különös hálával viseltetett irányában. Úgy vélte, elutasítani semmiképpen sem lehet az igazgató magánjellegű kérését, a közelebbi barátság pedig még jól jöhet a későbbiekben. Phil szorgalmas, jó tanuló utolsó éves gimnazista volt, s bár megviselte őt az olasz nyelv gyors elsajátításának kényszere, aránylag jól beilleszkedett a római középiskolai közösségébe, s a művészetek iránt is dicséretes fogékonyságot mutatott. Lorain minden héten háromszor tartott neki külön órát zene- és szépművészetből. Phil ugyanakkor kellemes társaságnak bizonyult a rendezvényeket követő fogadásokon is; amikor Lorynak már nem volt kedve új arcokkal találkozni, feltűnés nélkül tudott visszavonulni Philhez, aki korához képest magas, nyúlánk termetével és rövidre vágott, dús vörösesszőke hajával és vékony, szögletes keretű szemüvegével komoly külsővel rendelkezett. Ilyenkor jól átbeszélték a kiállításra került műveket vagy a zenei előadók stílusát, s kellemesen kivonták magukat a körülöttük zajló felszínes társalgásokból.

Így szépen kialakult rendszerességgel telt el az ősz, s közeledett a karácsony. Lory számára művészeti titkárként ez az év egyik, ha nem a legfontosabb eseménye volt. Az ekkor nyíló és tavaszig nyitva tartó kiállítás és a karácsonyi koncert az ő választásán múlt, amit természetesen az igazgatóval is egyeztetnie kellett – bár ez egyre inkább formális gesztussá vált. Ilyenkor az összes meghatározó olasz és külföldi intézmény képviseltette magát a Holland Intézet koncerttel és fogadással kísért karácsonyi kiállításmegnyitóján. Lorain úgy vélte, hogy kiküldetésének első karácsonyát mindenképpen emlékezetessé kell tennie, ezért Van Gogh-kiállítást tűzött ki célul, amit már jó előre elkezdett szervezni. Nem kisebb múzeumokkal kellett kapcsolatba lépnie, mint az amszterdami Van Gogh Múzeum, a párizsi Musee d'Orsay, a Berlini Képtár és a The Armand Hammer Museum of Art Los Angelesben. December elejére már össze is állt a kiállításra kerülő anyag szállítási dokumentációja a biztosításokkal együtt, s már csak a képek fogadására kellett felkészülni. A Los Angeles-in kívül minden kép kamionnal érkezett, s először a via Merulanán lévő vámszabad területre vitték őket, ahol a megfelelő szerződések és vámolási papírok ellenében Lorain Gigi, a gondnok kíséretében meg is kapta a képeket, és Antonióval, az intézet sofőrjével el is szállították azokat. Lorynak nagy kő esett le a szívéről, amikor a kincset érő festmények már házon belül voltak, s ezután már csak az érdemi munka várt rá a kiállítás installációjával. Még a hétvégi városnéző kiruccanásokat is lemondta Nickkel, aki sajnálkozva, de megértően fogadta a közös programok átmeneti mellőzését, sőt fizikai segítségét is felajánlotta az installáció kivitelezésében. Mi tagadás, Lorynak jól jött minden hadra fogható segéderő, hiszen csak Gigire számíthatott a munka gyakorlati részében. Az értékes és nehéz képek megfelelő felfüggesztéséhez legalább két főnek kellett tartania minden egyes festményt, és a harmadik, távolabb álló személy – azaz Lorain – utasítása szerint beállítani, és elvégezni a kép falra történő felhelyezését. Ezt az eljárást kellett alkalmazniuk mind a húsz kép esetében, amit végül Lorain feladata zárt a képek alatt feltüntetett adatok fordításával és falra történő rögzítésével.

Több mint egy hét megfeszített munka kellett a kiállítás teljes installálásához. Ezután Lorynak már csak a megnyitó beszédére kellett figyelnie, s azt jól megírnia. Mint minden ilyen esetben, a megnyitóra vendégelőadót is kellett találnia, és felkérnie e becses kiállítás megfelelő bemutatására az olasz és nemzetközi közönség számára. Tekintve, hogy a kiállítás anyagának meghatározó része az Orsayből származott, végül úgy döntött, hogy e világhírű múzeum frissen kinevezett igazgatóját, Laurence des Chavignont kéri fel erre a feladatra és hívja meg a Holland Intézetbe, Rómába. Terve sikerrel is járt, mert des Chavignon igazgató úr a lehetőségre, hogy a megnyitón való részvétel mellett a karácsonyt feleségével együtt Rómában töltse, nem tudott nemet mondani.

HARMADIK FEJEZET

Karácsony

Mint mindig, a felkészülésre rendelkezésre álló idő valósággal elröppent, viszont a vendégek érkezésétől kezdve mintha ólomlábakon cammogott volna, és soha nem akart volna véget érni – gondolta Lorain, miközben az esti megnyitó beszédét gyakorolta.

Az est meglepően gördülékenyen zajlott, s Lorainnek nem kis megnyugvást szerzett a sajátja után des Chavignon úr beszédének sikere. Ezután már csak a kötelező köröket kellett teljesítenie a galériában, majd pedig az állófogadáson, miközben tekintete hol Nickével, hol pedig Philével találkozott egy pillanatnyi fellélegzés erejéig. Maga a kiállítás is nagy sikernek örvendett, s így a megnyitó után minden résztvevőnek alkalma nyílt végig nézni a képeket, akár többször is. A kiállításra került festmények a következők voltak: *The Potato Eaters* (1885), *Garden with Courting Couples: Square Sain-Pierre* (1887), *The Langlois Bridge* (1887), *The Sower* (1888), *Sunflowers* (1889), *The Yellow House (The Street*, 1888), *The Bedroom* (1888), *Self-portrait as a Painter* (1887–88), *Wheatfield with a Reaper* (1889), *Almond Blossom* (1890), *Irises* (1890), *Wheatfield under Thunderclouds* (1890), *Wheatfield with Crows* (1890), *Tree Roots* (1890), *Paul Gauguintől Vincent van Gogh Painting Sunflowers* (1888), aztán ismét *Van Goghtól Autoportrait* (1889), *Chaumes de Cordeville* (1890), *Les Tournesols* (1888), *Alberi davanti all'ospizio di Saint-Paul* (1889), és végül *Notte stellata sul Rodano* (1888). Nem túl nagy kollekció, de illusztris képekből álló, kivételesen reprezentatív válogatás kerekedett belőle, ami lenyűgözte a látogatókat, akik hosszasan gyönyörködtek e remekművekben.

A tiszteletkörök után végül egymásnál kötöttek ki Phillel, és vele kellemesen elbeszélgettek és elnevetgéltek erről-arról, míg éjfél körül lassan elköszöntek a vendégek, s sokan közülük várakozással telve jelezték, hogy másnap jönnek a karácsonyi koncertre. Mindezek a rendezvények bizony komoly szervezést igényeltek a konkrét tartalmi részen túl, hiszen gondolni kell mindenre ilyenkor; a vendégek első bejelentkezésétől kezdve – amit a titkárság végez a főkapunál, az eseményt jelző fáklyák mellett –, egészen a nemzetközi VIP-közönség miatt elengedhetetlen carabinierik által biztosított biztonsági intézkedésekig. Ez természetesen a másnap, december 24-én megrendezésre kerülő karácsonyi koncertre is érvényes volt. Erre az alkalomra még nagyobb számú résztvevőt vártak, mert ez már az ünnepi rendezvénysorozat szerves részének számított, így nem csupán a diplomaták és családjaik, s műértők, műgyűjtők jelenlétére korlátozódott a vendégkör, hanem mindenkire, aki karácsony alkalmából valami csillogó és emlékezetes élményre vágyott, már azért is, mert ezen alkalomra a Holland Akadémia kibérelte a római Auditóriumot a Parco della Musica zenei parkban. Lorain nemhiába dolgozott annyit a koncert fellépőinek válogatásán: végül a Holland Szimfonikus Zenekarra esett a választása. Az újévi koncertre Lory már nagyobb nyugalommal gondolt, mert arra a Holland Intézet székhelyének szűkebb befogadóképességű termében kerül majd sor, melyre szintén ragyogó előadóművészeket hívott meg: ezúttal a Holland Kamarazenekar vívta ki figyelmét és meghívását. Ekörül jártak gondolatai, miközben az utolsó simításokat végezte sminkjén és öltözékén a nagy karácsonyi hangversenyre készülve. A megbeszélés szerint Lorainnek már egy órával a koncert kezdete előtt meg kellett jelennie az auditóriumban, hogy ellenőrizze, minden a rendben van-e a feltételekkel és a zenészekkel. Nick kedvesen felajánlotta, hogy elviszi a kocsijával, amit Lory nagy örömmel el is fogadott, mert nem hiányzott számára egy stresszes római vezetés a koncert felkonferálásán járó gondolatai közepette. Ám ahogy az mindig történt vele, amint kiállt a színpadra és kimondta köszöntőjének első sorát: „Tisztelt hölgyeim és uraim, kedves zeneszerető barátaim", azon nyomban elszállt minden izgalma, és a világot magához ölelni kívánó szeretet nyugalmával kezdett neki a koncert felkonferálásának. A koncertprogram fergeteges volt, így a siker is az lett: először *J. S. Bach Karácsonyi Oratóriumából az 1-3. Harnoncourt* hangzott el, majd szintén ebből az oratóriumból a *Pastorale*, amit Victor Hely-Hutchinson Carol Symphony *Betlehemi Szimfóniája* követett, ami után F. Liszttől *a Christmas Tree* négykezesét hallhatta a nagyérdemű, majd Tschaikowsky *Diótörőjéből a Waltz of the Flower* hangzott el. Ezután került sor a szünetre, ami alatt Lory is kihasználta az alkalmat egy frissítőre, amit Nick társaságában kortyolgatott, egyben hangot adva aggodalmának:

– Tudod, azon tűnődtem, hol lehet Phil. Megígérte, hogy itt lesz és szorít nekem, ehhez képest sehol nem láttam a közönség körében. Te láttad esetleg valahol?

– Nem, de nem is kerestem, hogy őszinte legyek. A te szereplésed miatt Veltmann rám lőcsölte des Chavignonék pátyolgatását, kész siker, hogy most el tudtam szabadulni tőlük. A mosdóba mentek és isznak valamit, amihez elég ügyesnek bizonyulnak maguk is.

– Haha. Veltmann tényleg kissé túllihegi ezt a szórakoztató hostess feladatot. Nem értem, miért ne lehetne egy kicsit nyugton hagyni őket, még ha kiemelt vendégeknek számítanak is. Egek, hiszen világjárt kozmopolitákról beszélünk, nem valami külön világba burkolózott szakbarbár tudósról, aki még az úton sem tud átmenni egyedül.

– Pontosan. De mit tehetünk? Különben tényleg furcsa, hogy nem találkoztam eddig Phillel, mert állandóan Veltmannékkal és des Chavignonékkal vagyok. Bocs, de megyek is vissza, mert már látom őket közeledni vissza a nézőtér felé. Azért majd hazavihetlek, ugye? Legalább az autóban nem tartanak igényt a társaságomra, különösen így, hogy neked köszönhetően FONTOS feladatom van.

– Jó-jó. Ciao, akkor majd a koncert végén találkozunk – s ezzel mindketten visszatértek posztjukra.

A koncert második fele is tovább fényesítette a pompás öszszhatást: először Gerald Finzi *In Terra Pax*-ja hangzott fel, majd

Francis Poulenctől *a Quem Vidistis Pastores*, amit Arnold Schoenberg Weihnachtsmusik, *Karácsonyi Zenéje*, majd pedig Benjamin Britten *A Ceremony of Carols*-a követett. Végül az egész programot Hector Berlioz *Shepherds farewell*-je (a pásztorok üdvözlete) zárta a *The Childhood of Christ*-ból, azaz a *Krisztus gyermekkorá*ból.

A koncert végeztével Lorain és Nick kénytelen volt megvárni, míg az igazgató és VIP vendégei gratuláltak a karmesternek, Jan Willem de Vriendnek, és azt követően minden zenész elégedetten elhagyta az auditóriumot és beszállt a buszba, ami elfuvarozta őket a Villa Pamphilj Hotelbe, fel a Via Aurelia Anticára, amivel különben felettébb meg voltak elégedve. Tegyük hozzá, nem is csoda, hiszen egy ötcsillagos sport- és konferenciahotelről volt szó Róma csendes, ligetes, egyik legelegánsabb negyedében, ahonnan az Örök Várost a Gianicolo fölé magasló domb tetejéről csodálhatták a vendégek.

– Végre vége! – buggyant ki Loryból Nick mellett az autó anyósülésén, miközben a lábait masszírozta.

– Azért büszke lehetsz, mert remekül sikerült a tegnapi megnyitó is és ez a koncert is. Most már csak des Chavignonékra kell koncentrálni, hogy Veltmann is teljesen elégedett legyen.

– Na, igen. Majd holnap vihetem őket várost nézni, és este Veltmannéknál közös vacsora. Tényleg, téged meghívtak?

– Hová gondolsz? Ez most nem a tudományt érinti, így minek is hívnák meg a tudományos titkárt. Azért ne aggódj, túlélem.

– Abban biztos vagyok. Jó neked. Apropó, jönnek a szüleid az ünnepekre? Az enyémek holnap este érkeznek, így a vacsora miatt megkértem Veltmannt küldje ki értük a reptérre Antoniót. Anyuék úgyis ritkán utaznak sofőrrel, biztosan meg lesznek hatódva.

– Ügyes vagy, de én is behozhattam volna őket, az enyémek is azzal a géppel jönnek. Persze Antonioval sokkal elegánsabb. Na, meg is érkeztünk. Akkor boldog karácsonyt és kellemes városnézést kívánok holnapra!

– Neked is boldog karácsonyt! És köszönök mindent! *Jó éjt!*

Azzal Lory szokásos légies mozdulataival odahajolt Nickhez, egy csókot lehelt az arcára, s szinte kireppent az autóból.

Mire Nick felocsúdott, már csak Lory karcsú sziluettjét látta belibbenni a házba.

S eljött december huszonötödike, karácsony napja. A megbeszéltek szerint Lory reggeli után kellett, hogy felvegye autójával des Chavignonékat, és elinduljon velük az egész napos városnézésre. Ám Laurence des Chavignon különös kívánsággal állt elő még indulás előtt:

– Lorain, megtenné, hogy kinyitja számunkra a galériát, hogy még egyszer megcsodálhassuk a kiállítást? Egyszerűen nem tudunk betelni vele!

– Hogyne, máris hozom a kulcsot. – Sarkon fordult és elviharzott a porta felé, ahol a kulcsos táblán lógott egy tartalék kulcs az épület minden terméhez.

A képtárba történő belépésük után döbbenetes látvány fogadta őket: három van Gogh-mű nem volt a helyén.

– Ez meg hogy lehet? – kiáltott fel Lory. – Hová tűntek?

– Úristen! Ezek a képek egy vagyont érnek! – Ccsatlakozott Laurence des Chavignon a felkiáltáshoz.

– Ne nyúljunk semmihez! Kérem, hagyják el a helyiséget! Azonnal hívom a rendőrséget! – Azzal Lory elviharzott, hogy riadót fújjon.

Az intézet munkatársai pillanatok alatt összegyűltek a galéria bejáratánál, és kétségbe esve, tanácstalanul vitatkoztak a biztonsági intézkedések hatékonyságán. Hamarosan a carabinierik is megérkeztek és elkezdődött a helyszínelés és a dolgozók kihallgatása, amit Luigi Ferretti rendőrkapitány végzett személyesen, az igazgató által erre a célra kijelölt könyvtárszobában. Az első kihallgatott személy természetesen Lorain volt.

– Kérem, mondja el, melyik képek tűntek el, pontosan mit látott, és mikor járt utoljára a galériában, mielőtt ma reggel kinyitotta azt.

– Nos, három *van Gogh*-képről van szó: a *Napraforgók*, a *Sárga ház* és az *Önarckép festőként* című festmények nincsenek a helyükön. A galériában utoljára a megnyitó után, annak lezárásakor jártam, 23-án éjfél körül, talán negyed egykor. Azóta nem is volt időm a kiállításra, mert a karácsonyi koncertet szerveztem és igazgattam az auditóriumban a Parco della Musicában. Amikor ma reggel beléptem, rögtön furcsa érzésem támadt; mintha nem lettünk volna egyedül des Chavignonékkal, hanem még lett volna bent valaki. De amikor körbefutottam, hogy lássam, hány kép tűnt el, meggyőződhettem, hogy senki más nem volt bent. Legalábbis akkor már nem.

– Na igen. Köszönöm, dottoressa Hennes, ha netán bármi – akár egy jelentéktelennek tűnő részlet – az eszébe jutna, kérem, tudassa velem. Amúgy amint többet tudunk, majd értesítjük önt. Azt ugye mondanom sem kell, hogy senki nem hagyhatja el Rómát azok közül, akik az épületben laknak akár csak ideiglenesen is, és persze kérem öntől a kiállítás megnyitóján részt vevők teljes listáját.

– Hogyne, természetesen – állt fel Lory, és az irodája felé indult, hogy eleget tegyen a kapitány kérésének.

Természetesen a kapitány nem sokkal lett okosabb a kihallgatások után sem, mert senki nem látott és hallott semmit és senki nem tudott semmilyen támponttal szolgálni. Veltmann magánkívül volt, des Chavignonék leforrázva álltak a könyvtár előtt Loryval és a többi dolgozóval, s a biztosításról beszélgettek.

– A legjobb az egészben, hogy valószínűleg még egy nyomozót kapunk a nyakunkba a biztosító társaság részéről is. Melyik társaságnál biztosították a képeket, Miss Hennes? – kérdezte des Chavignon.

– A Generalinál, igazgató úr. Már bejelentettem az esetet és jelezték is, hogy legkésőbb holnap küldenek valakit az ünnepek ellenére.

– Ki tudja, mikor engednek haza minket? – szólt közbe Madame des Chavignon.

– Nyugodj meg, drágám, amint kizárják személyünket a gyanúsítottak listájáról, hazatérhetünk, csak elérhetőnek kell maradnunk.

– Ó, Monsieur des Chavignon, ön, mint az Orsay Múzeum igazgatója, minden gyanú felett kell, hogy álljon! – tette hozzá Lorain.

– Na igen, kedvesem, de a nyomozás csak akkor zárja ki a gyanút, ha a kérdéses időre megdönthetetlen alibink van. Nos, én elmondtam a kapitány úrnak, hogy a 23-ai éjjelt a fogadás után kettesben töltöttük feleségemmel az intézet vendéglakosztályában, illetve a huszonnegyedikei napot az esti koncertig Veltmann úrral és feleségével a városban.

Ekkor nyílt az ajtó és a kapitány lépett ki a könyvtárból. Egyenesen Lory felé tartott.

– Dottoressa Hennes, arra kérem, avasson be a biztonsági rendszerük működésébe, mert nagy valószínűséggel olyasvalaki a műkincsrabló, aki hozzáférhetett a galéria kulcsához, és a riasztórendszer kódját is ismernie kellett.

– Azonnal. Kérem, fáradjon velem, kapitány úr, meg is mutatom a riasztóberendezés működését. – Ők ketten eltávoztak a porta felé.

– Nos – folytatta Lory –, a riasztó alapjában véve lézersugarakkal hálózza be a termet, de térfigyelő kamerákkal is fel van szerelve az egész galéria. A képeket egy több képernyős monitoron lehet figyelemmel kísérni a portán, ahol rendezvény idején annak végeztéig folyamatos ügyeletet biztosítunk. Ráadásul a 23-ai megnyitó miatt még önök, a carabinierik is jelen voltak; igaz, csak az épület előtt, ahol azonban – mint ilyenkor mindig – a kapunál a titkárnőnk ellenőrizte a meghívottakat a meghívók alapján, tehát elvileg idegen nem férkőzhetett be a rendezvényre. Na persze a titkárnő megtévesztésével ez sem kizárt.

– Vegyük át még egyszer. Tehát a 23-ai fogadás alatt a portán a portás Umberto Bianchetti és Gianluigi Colombari gondnok voltak ügyeletben – foglalta össze a tényeket ismételten a kapitány –, és a rendezvény végén az ő jelenlétükben ön személyesen zárta be a galéria ajtaját és aktiválta a riasztórendszert.

– Így van.

– Apropó, ugye az intézet utcai frontján is vannak térfigyelő kamerák, nemcsak a kiállítótermekben?

– Pontosan.

– Akkor remélhetőleg még megvannak a 24-én este és éjjel készült felvételek. Kérem, intézkedjék, hogy azok hiánytalanul eljussanak hozzám.

– Természetesen meglesz – válaszolt Lory.

– Aztán a 24-ei napon már nem is volt nyitva a galéria, mert az ünnepi nyitva tartás szerint csak 27-én, csütörtökön nyitották volna meg újra.

– Pontosan. Azt talán nem említettük még, hogy a megnyitó alatt is működött a ruhatárunk, ahol ilyenkor a gondnok lányát, Isabellát, és egy középiskolai osztálytársát foglalkoztatjuk. Jól jön nekik egy kis zsebpénz.

– Jó, jó. Igen, ezt értem, de a ruhatárban nem bújhatott el senki az ő tudtuk nélkül, s amúgy sem tudhatta egy idegen a riasztó kódját.

– Amit ráadásul a rablónk vissza is kapcsolt a ténykedése után, mert amikor ma reggel des Chavignonékat akartam bevinni, a portán vettem fel a galéria kulcsát, és személyesen kapcsoltam ki a riasztót.

– Felettébb különös eset. Egyszerűen elképesztő! – fakadt ki Ferretti kapitányból az eset miatt felgyülemlett indulat. – Köszönöm, dottoressa Hennes, most búcsúzom, majd jelentkezem, de ha bármi eszébe jutna, hívjon! Viszlát!

– Úgy lesz, kapitány úr! Viszontlátásra!

Mire a rablás miatti helyszínelés és a dolgozók kikérdezése véget ért, már elmúlt dél, így arra is gondolnia kellett Lorynak, hogy az ünnepekre érkező szüleit lebeszélje az utazásról, mivel újabb személyek érkezése csak hátráltatná a nyomozást, Lorynak pedig amúgy sem lenne rájuk ideje.

– Ne aggódj, drágám, megértjük! Most első a nyomozás. Majd találkozunk, amikor már elmúltak a viharfelhők és leleplezték a rablót.

– Köszönöm, anya, hogy így álltok hozzá, de annyira sajnálom!

– Igen drágám, mi is sajnáljuk, de legfőképpen a rablást! Csak légy figyelmes, és támogasd mindenben a nyomozást. Na, menj! Nem akarlak feltartani.

– Jó, jó, tudom. Majd hívlak. Puszi!

– Szervusz, drágám! Puszi!

Lory ekkor tudott végre egyedül tölteni egy kis időt és átgondolni az elmúlt két nap sűrű eseményeit. Töltött magának egy whiskyt és lehuppant a nappalija egyik foteljébe, s percről percre lepörgette maga előtt a történteket. Ahogy így üldögélt és töprengett, egyszerre csak bevillant a koncert alatti beszélgetésük Nickkel, mégpedig arról, hogy egyikük sem látta Philt. „Csak nincs valami köze az egészhez?" – tette fel a kérdést magának Lory. „Hiszen nem drogozik, nem kaszinózik, minek kéne neki a pénz? De hol lehetett a koncert alatt, és egyáltalán 24-én egész nap? Sőt, mi több, a kihallgatásokon sem vett részt." Erről el is felejtett szólni a kapitánynak, állapította meg magában Lory, és elhatározta, hogy előbb maga jár utána a dolognak. Épp mikor ismét felülkerekedni érezte magában a tettrekészséget, megcsörrent a belső vonal telefonja.

– Halló, tessék – szólt bele a kagylóba Lory.

– Jó estét, dottoressa, Gigi vagyok. Elnézést a zavarásért, de Antonio kérdezi, menjen-e repülőtérre a dottoressa szüleiért?

– Jaj, de jó, hogy hív, Gigi! Elfelejtettem szólni, annyira sajnálom! Mondja meg Antoniónak, hogy köszönöm, de nem jönnek a szüleim.

– Jó, dottoressa, megmondom neki.

– Apropó, Gigi, ha már beszélünk, nekem is lenne egy kérdésem.

– Parancsoljon, dottoressa!

– Ma reggel a rendőrkapitány számára ugye ön írta össze, kik laknak és dolgoznak az intézetben?

– Igen, én írtam össze.

– Mondja, Philip úrfiról mit mondott, miért nem volt jelen?

– Na igen, az igazgató úr tájékoztatása szerint Philip úr a kedvese családjánál töltötte a vigíliát, és csak ma délután ért haza.

– Köszönöm, Gigi, ez nagyon jó hír. Akkor a kapitány úr majd később beszél vele.

– Igen, ő is ezt mondta.

– Még egyszer köszönöm, és kellemes estét kívánok!

– Köszönöm, önnek is, dottoressa!

Lory fellélegezve dőlt hátra a fotelban. Ezek szerint Philnek barátnője van, s erről neki nem is beszélt, ami végül is most az ügy szempontjából lényegtelen. Az a fontos, hogy a srácnak kitűnő alibije van. Amint ismét a mai történéseken kezdett tűnődni, ismét megszólalt a telefon belső vonala.

– Halló, tessék!

– Szia, Lory!

– Szia, Nick! Na, mi a helyzet a szüleiddel? Mész értük?

– Ó, nem, lemondták az útjukat a történtekre való tekintettel.

– Az enyémek is.

– Amúgy mit csinálsz? Képzeld, én még csak most készülök vacsorát főzni, és arra gondoltam, átjöhetnél, és együtt átgondoljuk a rablás körüli tényeket és eshetőségeket. Mit szólsz?

– Nagyon jó, köszönöm!

– Akkor úgy hatkor várlak, azaz pont egy óra múlva, de jöhetsz előbb is.

– Rendben. Vigyek valamit?

– Ugyan, csak magadat! De ha lehet, ne késs, mert spagettit főzök, és az csak frissen jó!

– Ott leszek időben, csak veszek egy zuhanyt. Akkor hamarosan. – Letette a telefont, s újult erővel dobálta le magáról a ruhát és ugrott a zuhany alá.

– Na, késtem? Hoztam bort; még jó, hogy mindig tartok pár palackkal a bortartómon. Fehér, remélem, illik a vacsorához.

– Wow! Pontos vagy és gyönyörű. Na és a fehérbor kitűnő, mert vongole veraci-s spagetti lesz. Ha jól emlékszem, a kedvenced.

– Honnan...

– Szereztem a friss kagylót? Délben, mikor anyámékkal megbeszéltük, hogy nem jönnek, hirtelen szabad lettem és kiugrottam Fiumicinóba, a halpiacra.

– Nahát, fantasztikus vagy!

– Ugye?! És „tadam”, a vacsora előállt. Foglalj helyet!

– Most tényleg rám fér egy jó vacsora, mert a délutáni töprengésbe merülésem miatt még ebédelni is elfelejtettem.

– Na, tessék, akkor most bepótolhatod, mert van mindenből bőven! Bontom is a bort. Hú, ez egy kitűnő szárd Vermentino!

Az este remekül telt Nicknél, de az üggyel kapcsolatban semmire sem jutottak. Körbe-körbe járták a történteket és rá kellett döbbenniük, hogy túl keveset tudnak.

– A tények nem vezetnek sehová! – buggyant ki végül Loryból. – Túl keveset tudunk. Nincs értelme tovább elemezgetni a helyzetet, míg valami új hír fel nem bukkan a körülményekről. Amúgy is későre jár, ideje lepihennünk. – Lory felállt, és elindult az ajtó felé.

– Sajnos egyet kell értenem, de legalább jól memorizáltuk az eddig ismert tényezőket, és tudjuk, hogy tégla nélkül lehetetlen lett volna elkövetni ezt a bűntényt – mondta Nick, míg kikísérte Loryt.

– Na igen, ez igaz. Köszönöm a vacsorát, fenséges volt!

– Szívesen.

– Jó éjszakát, Nick, akkor holnap!

– Neked is, Lory, és szép álmokat!

Másnap, Szent István napján Lory az igazgató irodájában kezdett, mert megérkezett a Generali biztosító nyomozója. Mielőtt belépett az irodába, Lory őszinte hálával tekintett vissza a tegnap estére, amikor Nickkel annyiszor átgondolták a tragikus esemény körülményeit, s most ennek köszönhetően igazán úgy érezte, képben van a történtekről.

– Ispettore, hadd mutassam be művészeti titkárunkat, dottoressa Lorain Hennes-t.

– Üdvözlöm, dottoressa Hennes!

– Dottoressa, ismerje meg a Generali nyomozóját, Luciano Pavoni felügyelőt.

– Örvendek, felügyelő úr. Mindenben állunk rendelkezésére.

– Köszönöm. Úgy tájékoztattak, hogy ön a legilletékesebb személy – természetesen Veltmann úr után – a rablást illetően, mivel az ön által szervezett kiállításról eltűnt műkincsekről van szó.

– Igen, így van.

– Nos, a továbbiakban nem is tartanám fel az igazgató urat, mert számomra tökéletes, ha ön bemutatja nekem a helyszínt és beavat a műkincsrablás körüli részletekbe.

– Természetesen, azonnal. Kérem, kövessen – mondta Lory.

– Ispettore, köszönöm, hogy az ünnepek ellenére rendelkezésünkre áll – nyújtott kezet Veltmann a nyomozónak.

– Ez a kötelességem. Én köszönöm a rám szánt idejét, igazgató úr. Viszontlátásra!

– Viszontlátásra!

Lorain először a porta felé vette az irányt, s ezt meg is indokolta az őt követő nyomozónak:

– Úgy vélem, az a legjobb, ha bemutatom, pontosan hogyan is történt a rablás felfedezése, így először a portára megyünk, ahol 24-én reggel kikapcsoltam a riasztóberendezést, hogy be tudjam vinni oda a des Chavignon házaspárt.

– Remek. Ön valódi nyomozóként gondolkodik.

– Köszönöm, igyekszem. Nos, itt is volnánk. Kérem, ismerje meg a portásunkat, Umberto Bianchetti urat! Umberto, ő itt insp. Luciano Pavoni úr, a Generali Biztosító hivatalos nyomozója.

– Üdvözlöm, mit tehetek önökért?

– Örvendek. Először is talán magyarázza el, hogyan működik a riasztórendszer a házban, és legfőképp a galériában. S azt is szeretném tudni, ön hol tartózkodott a kérdéses időpontban, azaz ha Veltmann úr jól mondta, huszonharmadika 24.15-től huszonötödike reggel 8.30-ig, a rablás felfedezésének pontos idejéig. Jól tudom, dottoressa Hennes?

– Igen, pontos az információja. A riasztórendszer működését mindhárman pontosan ismerjük, de a titkos kódját csak Pavoni úr és én tudjuk.

– Jó. Akkor haladjunk sorjában!

Lory a nyomozóval töltötte az egész délelőttöt, aki alaposan kikérdezte őt a történtekről, majd pedig elkérte ugyanazt a listát az épületben lakókról és dolgozókról, s azok családtagjairól, amelyeket már a rendőri nyomozáshoz is elkészítettek. Sőt mi több, Pavoni nyomozó felhívta Ferretti kapitányt, és bejelentette hozzá magát Loryval együtt délután háromra.

– Addig pedig, ha nem bánja, dottoressa Henness, meghívnám önt egy ebédre, természetesen abszolút munka jelleggel.

– Hogyne, szívesen. Tudok itt a közelben egy jó éttermet – válaszolt Lory, megadva magát a sorsnak, tudván, hogy ez a karácsony gyakorlatilag kimarad az életéből.

– Kitűnő! Bevallom, számítottam is az ön helyismeretére!

Az ebéd meglepően jól telt, bár Lory nem támasztott kivételes elvárásokat a helyzettel szemben. Mindazonáltal úgy vélte, ez a Pavoni nem is olyan elviselhetetlen, mint amilyennek először látszott, s tulajdonképpen kellemes irányába mozdult el a vele együtt töltött idő mérlegének nyelve.

A külföldi lakosok kapitánysága a Quirinalis domb tetején található, pontosan a Palazzo del Quirinale palota bejáratával szemben, a tér másik oldalán. Pavoni jól ismerte a várost és jól is vezetett – bár Szent István napja lévén igencsak gyér volt a forgalom Róma utcáin –, így a Villa Borghesét megkerülve pillanatok alatt odaértek a XX Settembre útra, ami egyenesen a Quirinalis térre vezette őket. Ferretti kapitány már várta őket, s erről a kapitányság portáját is tájékoztatta, így rendőri kísérettel jutottak el az irodájához. Itt a bemutatkozások után a kapitány kérésére kényelembe helyezték magukat, és ismételten átvették a rablás összes részletét és nyitva maradt kérdését. Közben a felmerülő eshetőségek ellenőrzésére a kapitány folyton-folyvást behívatott valakit a kollégái közül, és parancsokat osztogatott a nyomozás segítése érdekében. Ennek köszönhetően a Holland Intézet a dolgozóinak rutin átvilágításakor akadt meg a szemük Daniel Prick bankszámlájának hirtelen növekedésén, nem kevesebb, mint 200 000 euro összeggel.

– Daniel Prick úr mióta dolgozik az intézetben? – tette fel a kapitány az első evidens kérdést a gazdasági vezetővel kapcsolatban.

– Két évvel korábban érkezett, mint én, tehát ez a harmadik éve itt Rómában, de mindig is a holland külügyminisztérium állományába tartozott.

– Lehetett alkalma megtudni a galéria riasztójának kódját? – folytatta a kör szűkítését Pavoni.

– Nos, ami azt illeti, csak komoly nehézségek árán, de nem elképzelhetetlen, hogy megtalálta a módját, hiszen ha valaki az intézet munkatársai közül észrevétlenül bemehet a másik irodájába, az pontosan ő. Állandóan lekönyvelendő számlák után kutatott, amit mindenki tudott. Ugyan a kódot titkos jelszóval levédve tároltam a számítógépemen, de Prick közismerten a külügy egyik legjobb informatikai szakembere is volt egyben, ami egyértelműen kitűnő kódfejtő képességet is jelent.

– Akkor helyben vagyunk – jelentette ki nyomatékosan Pavoni nyomozó.

– Már csak azt kell kiderítenünk, ki vagy kik voltak a cinkosai – folytatta a gondolatot a kapitány.

– Akkor hogyan tovább? – érdeklődött Lory, kissé bátortalanul a két vérszagot fogott „kopó" között.

– Ön ne mutassa semmi jelét a gyanúnak. Minél tovább biztonságban érzi magát Prick, annál jobb – fejtegette a teendőket a kapitány. – Mi felvesszük a kapcsolatot a holland rendőrséggel, és egyben tájékozódunk a helyi, római műkincskereskedők legutóbbi üzleteiről. Vannak beépített embereink. Nyugodt lehet; ha itt adta el a képeket, akkor rövid úton a nyomukra akadunk.

– Rendben – bólogatott Lory megértve a feladatát, és az eltűnt képek által okozott kétnapos, kétségbeesett idegesség után végre valami megnyugvásféle érzés kezdett szétáradni benne. – Gondolják, hogy meglelhetők még a képek?

– Mivel még időben vagyunk, jók az esélyeink. Az a tapasztalat, hogy egy héten belül még aránylag könnyen felgöngyölíthető a rablott műkincsek útja. Persze arra is volt már nem is egy példa, hogy évek elteltével, a lopott tárgyak listája alapján találtunk meg műkincseket – elemezte a helyzetet a kapitány.

– Ráadásul Prick feltételezhetően még tapasztalatlan a műkincsrablások terén, hiszen láttuk, hogy nincs priusza – folytatta a gondolatmenetet Pavoni. – Ha dörzsöltebb lett volna, titkos külföldi bankszámlára utaltatta volna a pénzt.

– Későre jár, ideje visszamennie, dottoressa. Mostantól bízza az ügyet ránk! És tudja, csak természetesen!

– Igen. Köszönöm – válaszolta visszatért magabiztosságával Lory.

– Jöjjön! – mondta Pavoni. – Most hazaviszem.

Azzal búcsút vettek, és beindították a forró nyom követésének stratégiáját.

NEGYEDIK FEJEZET

A leleplezés

Karácsony elteltével csütörtök reggel már munkanapra ébredt Lory. Aránylag jól aludt, de valójában nagyon nyomasztotta a színjáték, amit játszania kellett minden kollégája előtt. Bár nem értette, miért, főleg az bántotta, hogy Nick előtt is titkolóznia kell. Nem volt mit tenni, titoktartást fogadott a nyomozóknak, így hát próbált mindent a szokásos módon tenni és intézni. Az első ember, akivel találkozott az irodája előtt, szerencsére Veltmann volt, s így nem volt feltűnő a nyugodt mosoly kíséretében elhangzó köszönése. Felismerve az árulkodó mimikáját, gyorsan kiküszöbölte, és mire Prick jött szembe, már visszatalált a komoly s gondterhelt arckifejezéshez. Ezután gyors léptekkel bemasírozott az irodájába és eldöntötte, ebédig ki sem jön onnan. Ezt a fogadalmát sikerült is megtartania a tömérdek apró-cseprő, de elengedhetetlen intézkedés ellenére, amit tennie kellett a galéria és az intézet zárva tartása miatt. Igyekezett mindent telefonon intézni, így megkérte Umbertót, tegye ki a kapura a „Zárva" táblát. Gigit megkérte, jöjjön be hozzá, hogy új kódot találjanak ki a riasztórendszerhez, majd pedig átadta Veltmannak Ferretti kapitány üzenetét, miszerint des Chavignonék hazatérhetnek Párizsba.

Veltmann örült a hírnek, és próbált rákérdezni a kapitányságon történtekre is, de Lorynak sikerült udvariasan kitérnie a válasz elől, ráterelve a szót Philre, akinek a művészi képzését készen állt folytatni. Veltmann először tétovázott, helyes-e a rablás ellenére folytatni Phil kiegészítő oktatását, de végül belátta, hogy annak kihagyásától nem mozdul előbbre a nyomozás, így végül beleegyezett, s megígérte, hogy iskola után, délután négy körül átküldi Philt Loryhoz.

A megbeszélt időben a fiú meg is érkezett Lory irodájába.

– Szervusz, Lorain. Bejöhetek?

– Szervusz, gyere csak!

– Borzasztó, ami történt. Amikor Annától és családjától viszszaértem 25-én délután, hallottam a hírt. Tud már valami közelebbit a rendőrség?

– Áh, semmit, csak körbe-körbe topognak. Hagyjuk is ezt most. Inkább te mesélj! Eddig nem is tudtam, hogy ilyen komoly a barátnőddel a dolog, hogy a családjával karácsonyozol, meg minden.

– Na igen. Már tart egy ideje, de apuék nem örültek neki, mert Anna családját túl konzervatívnak és vallásosnak tartják. Amiben, megjegyzem, van is valami, mert eddig életemben nem voltam annyit misén, mint az elmúlt három hónapban, amióta Annával járni kezdtünk. Aztán apuék váratlanul elfogadták, amikor bejelentettem, hogy idén Annával és a családjával töltöm a karácsonyt. Szívem szerint el is jegyezném őt, de az már tényleg elkapkodottnak tűnne mindkettőnk szüleinek a szemében.

– Ó, hát ez gyönyörű. Majd eljön az ideje annak is, addig pedig csak ismerjétek meg még jobban egymást, s meglásd, ha ő az igazi, akkor az idő teltével csak egyre jobban fogjátok szeretni egymást.

– Igen, tudom, illetve bízom benne.

– Na jó, kezdjünk hozzá a tanuláshoz. A román stílus után elérkeztünk a gótikához, amire itt Rómában ugye alig van példa...

Este hatig folytatták a tanulást megállás nélkül, s közben „bejárták" az Európa legszebb gótikus templomait rejtő városokat. Akkor búcsút vettek és megegyeztek, hogy másnap is találkoznak. Este lévén a munkaidő végeztével már senki nem tartózkodott az irodákban, s az egész emeleten Lory maradt egyedül. Épp játszani kezdett a gondolattal, hogy kis kutató nyomozást tart a saját szakállára, mikor megcsörrent a telefonja városi vonala. Mikor Lory felvette, Ferretti kapitány jelentkezett be:

– Örülök, hogy még az irodájában találom, dottoressa Hennes! Csak azért keresem, hogy tájékoztassam, a holland műkincsrabló maffia áll az ügy hátterében, de volt egy olasz segítőjük is, akinek van egy kis műkereskedése Firenzében. Most csak enynyit szerettem volna, majd holnap reggel önnél kezdem a napot és akkor mindent megtud. Ugye a „barátunk" semmit sem sejt?

– Nahát. Ó, nem, itt rajtam kívül senki sem tud semmit. Jó, akkor holnap várom.

– Először úgy teszünk, mintha az ön számítógépét vizsgálnánk át, illetve a gondnokukét, hogy kinyomozzuk, melyikük gépéről szerezték meg a riasztó kódját. A többit majd tényleg személyesen. Viszlát!

– Önnek is és szép estét! – válaszolta Lory, majd fellélegezve az ügy alakulása miatt hazament, és egy könnyű vacsora és egy tévéhíradó után rögvest nyugovóra is tért.

Másnap reggel Lory már hajnalok hajnalán felébredt, és tudta, a leleplezés miatt érzett izgalom miatt már nem is tud aludni egy percet sem, így hát felkelt, gyorsan elkészült és bement az irodába, ahol természetesen még senkit sem talált. Itt nem tudott semmi komoly munkához hozzáfogni, mert folyton azon járt az esze, honnan szerzett bizonyosságot Ferretti kapitány az ügy felderítéséhez. Végre aztán eljött a munkaidő kezdete és hallotta, hogy megérkeznek a kollégák, köszönnek egymásnak a folyosón, majd mindenki bemegy a saját irodájába. Pár perccel nyolc után megérkezett a kapitány két informatikus rendőr altiszttel és Pavonival. Egyenesen Loryhoz mentek, és a megbeszélés szerint elkezdték vizsgálni a számítógépet. A kíváncsiságtól fűtve Prick is megjelent egy pillanatra az iroda ajtajában, majd miután Ferretti odaszólt neki, hogy hozzá is mindjárt mennek, ezért várakozzon az irodájában, kissé zavartan, de még gyanútlanul vissza is vonult. Közben a kapitány megkérte Loryt, hogy hívja át az igazgatót, hogy beavathassa őt a felderített tényekbe. Veltmann jött is azonnal, s döbbenten fogadta a nyomozás eredményét.

– Igazgató úr, sajnálattal közlöm, hogy az intézet biztonsági térfigyelő kamerái felvették a kapu előtt az olasz rendszámú autót, s annak pillanatát, amikor a három festményt kiviszik az épületből és beteszik a szóban forgó autóba. Továbbá a felvételen jól kivehető Daniel Prick, amint egy intéssel búcsúzik az autóstól és visszamegy az intézetbe, becsukva annak kapuját. Prick bűnösségét bizonyítja az is, hogy 25-én 200 000 euró érkezett a számlájára. Ezennel felkérem, kísérjen Daniel Prickhez.

– Hát ez borzasztó, teljesen felfoghatatlan. Természetesen, jöjjenek velem.

Azzal a becses társaság átvonult Prick irodájába, aki most már az idegesség látható jeleit mutatta. Ez persze csak fokozódott, amikor Ferretti rázendített a szokásos rendőrszövegre:

– Dottore Daniel Prick, ezennel letartóztatom az intézetben a múlt hétfőn, 24-én este elkövetett műkincsrablás elkövetésének alapos gyanújával. Egyben figyelmeztetem, jogában áll hallgatni. Minden, amit mond, felhasználható ön ellen.

E szavak elhangzásával egy időben már kattant is a bilincs Prick kezein.

– Elvihetik – adta ki a parancsot Ferretti kapitány az embereinek. – Önökkel, igazgató úr, még váltanék pár szót.

– Csak tessék, fáradjanak az irodámba, ott jobban elférünk – válaszolt Veltmann, még mindig sápadtan a meglepetéstől.

Ferretti azonnal belefogott a mondandójába, mihelyt beértek az igazgatóiba.

– Ami a nyomozás eredményének kellemes oldalát illeti, megtaláltuk a képeket a rabláshoz használt autó tulajdonosának régiségkereskedésében Firenzében, s így azok még ma visszakerülhetnek a helyükre.

– Ez óriási! – szakadt fel Loryból. – Elnézést, de nagyon nyomasztott a felelősség az eltűnésük miatt.

– Gratulálok, kapitány úr! Ez aztán a remek munka! – erősítette meg Veltmann Lory lelkesedését.

– S mi több, én is gratulálok. Bizony el kell ismernem a római kapitányság fergeteges hatékonyságát! – tette hozzá Pavoni. – Még meg kell várnom a festmények eredetiségének visszaigazolását és visszahelyezésüket a kiállítóterembe, de azután az esetet megoldottnak, a kárbejelentést pedig semmisnek veszem.

– Uraim, dottoressa – folytatta Ferretti már felállva –, megköszönöm irányunkban tanúsított együttműködésüket és áldozatkészségüket. S minden jót kívánok.

– Mi köszönjük – válaszolt rögvest Veltmann, kezet nyújtva a kapitánynak –, és a legjobbakat kívánjuk!

– Viszontlátásra, de remélhetőleg csak békés körülmények között!

– Na igen… ha nem veszi rossz néven, felvennénk az ön nevét és az ön által megadott kollégáiét – az önét is, Pavoni felügyelő – az állandó vendéglistánkra, így a kulturális programjainkon is lesz alkalmunk még találkozni, ahogy mondta, békés körülmények között.

– Óh, micsoda figyelmesség! Nagyon köszönöm, igazán örömmel jövünk a programjaikra, nem igaz Pavoni nyomozó?

– Bizony, csatlakozom a köszönethez és megtisztelve érzem magam – szólt közbe Pavoni.

– Akkor a viszontlátásra!

Ezzel a kapitány elhagyta a helyszínt, s Lorynak és Pavoninak már csak a képek visszaszállítását kellett megvárniuk. Hamarosan meg is érkezett a három kép egy páncélozott rendőrségi szállítójárműben, s vele szinte egyidőben megérkezett a szakértő is a művek eredetiségének vizsgálatához. Egy óra leforgása alatt a képek bevizsgálva és eredetinek minősítve ismét ott lógtak a falon a galériában. Ekkor Pavoni is elégedetten köszönetet és búcsút mondott, s a műkincsszakértővel együtt elhagyta az intézetet. Lory nagy nyugalommal és elégedettséggel nézte még pár percig a festményeket, majd felment Veltmannhoz, hogy beszámoljon neki az ügy lezárásáról. Veltmann kitörő örömmel fogadta Loryt és a jó híreket a festmények visszaérkezéséről.

– Tudja, dottoressa Hennes, most ismét bebizonyította rátermettségét e posztra, s nyugodtan mondhatom, ön még ennél is többre hivatott. Teljes szívből gratulálok az ügy sikeres lezárásához!

– Köszönöm, igazgató úr, de túloz.

– Ugyan, ne szerénykedjen! Ami igaz, az igaz, remekül kézben tartotta az ügyet, és nem hogy nem esett pánikba, de a lélekjelenlétét megőrizve még a munkatársakat is megnyugtatta, hogy szembe tudjunk nézni az akkor olyan kilátástalannak tűnő és kétségbeejtő helyzettel. Különben más miatt is kerestem önt, ugyanis az elveszett karácsonyunk pótlásaként – és persze a nyomozás sikerének örömére – szeretnénk ma este egy munkatársi vacsorát adni a rezidencián. Kérem, szóljon a többieknek, hogy este hat órára várunk mindenkit a házastársával együtt! Ja, és senki ne hozzon és adjon karácsonyi ajándékot senkinek!

– Óh, igazgató úr, ez fergetegesen jó ötlet és nemes gesztus önöktől! Mindenképpen ott lesz az egész csapat! Akkor már megyek is átadni a meghívását!

– Tökéletes! Akkor este – zárta le a beszélgetést Veltmann, s Lory már fordult is ki az irodából.

ÖTÖDIK FEJEZET

Pótkarácsony

Este összegyűlt az intézet minden munkatársa a házastársakkal együtt, kivéve persze Daniel Pricket, aki rendőri kísérettel már útban volt Hollandia felé, hogy az ottani bíróság előtt feleljen tetteiért maffiózó társaival együtt. Veltmannék igencsak kitettek magukért, mert a szakácsot megbízták egy fenséges, ötfogásos menü elkészítésével, s még felszolgáló személyzetet is béreltek. Az alkalomra mindenki megfelelő esti öltözékben és ünnepi hangulatban érkezett, így a pohárköszöntő, amit Veltmann tartott, csak tetőzte a hangulatot:

– Kedves kollégák, drága barátaim, nehéz héten vagyunk túl, de a galériánkból ellopott műkincseken túl az idei karácsonyunkat is ellopták tőlünk. Azt hiszem, hogy ma a számunkra visszaszolgáltatott van Gogh-festmények mellett megérdemeljük, hogy a karácsonyunkat is visszakapjuk, ezért a sikeres nyomozás mellett emelem poharam csapatunkra, erre a becsületes, lelkiismeretes és összetartó közösségre, melynek öröm a vezetője lenni! Koccintsunk hát 2012 karácsonyára, s költsük el együtt a szakácsunk mesterművét! Boldog karácsonyt!

– Boldog karácsonyt! – hangzott fel mindenki szájából a jókívánság, ami idén majdnem kimaradt életükből.

Lory közvetlenül az asztalfőt elfoglaló Veltmann jobbján ült, vele szemben pedig Nick foglalt helyet. Ingrid Veltmann férjével szemben, a másik asztalfőn foglalt helyet, és az asztal azon felére ültetett hozzátartozók körének hangulatáért volt felelős. Lory mellett Gigi, a gondnok kapott helyet, vele szemben a titkárnő, Julienne Becker ült Nick mellett, mellette pedig Umberto Bianchetti, a portás kapott helyet. Umbertóval szemben,

Gigi mellett Perla Colombari ült, míg mellette Antonio Roton-
do, a sofőr kapott helyet, aki mellé Elisabetta Bianchettit he-
lyezték az ültetőkártyák szerint, akivel szembe, Umberto mel-
lé Laura Rotondo került, aki mellett pedig Julienne férje, Peter
Becker zárta a sort.

A fenséges vacsora kellően formálisan, de oldott beszélgetés
közepette telt, majd a nagybecsű társaság az ebédlőből átvonult
a szalonba, ahol a karácsonyfa társaságában halk zene mellett
whiskyt és kávét iszogathattak.

Az est folyamán végre Lory titkolózás nélkül beszélhetett
Nickkel, akinek részletesen beszámolt a nyomozás körüli bo-
nyodalmakról és annak titkos részéről is, Veltmann pedig tájé-
koztatta a jelenlevőket a nyomozás eredményéről, s arról hogy
beszámolt a holland külügyminisztérium kulturális igazgatósá-
gának a fejleményekről, és kérelmezte egy új gazdasági vezető
kinevezését Prick helyére. Mellesleg pedig meghívta a jelenle-
vőket szintén ide a rezidenciájára, hogy együtt köszöntsék egy
bállal az újévet. Ekkor már Phil, Anna és Isabella is csatlakoz-
tak az ünneplőkhöz, s a zenét kissé felerősítve táncra perdül-
tek, arra invitálva a többieket is. Nick, kihasználva az alkalmat,
rögvest Loryhoz fordult, hogy felkérje, amit ő el is fogadott. Elő-
ször kissé mereven simultak össze, de aztán lassan feloldódtak,
és halkan beszélgetve Philről és Annáról ők maguk is jól érez-
ték magukat a keringő közben.

Péntek este lévén elengedhette magát a társaság, hiszen a
hétvégéken többnyire zárva tartott az intézet, s ezt kihasznál-
va senki nem fogta vissza magát sem az ital, sem a mulatozás
terén. Ráadásul Anna kivételével minden résztvevő rendelke-
zett házon belüli szolgálati lakással, így nem kellett autóba ül-
nie senkinek sem. Phil pedig Nick segítségével és támogatásával
megkérte Loryt, hogy Anna hadd töltse az éjszakát az ő lakásá-
ban, amibe Lory természetesen azonnal bele is egyezett. A par-
ti jóval éjfél után ért véget, s akkor vendégek szépen búcsút vet-
tek a házigazdától és nejétől, és egymás után hazaszállingóztak.
Lory hazavitte magához Annát, aki még a buliról hazatelefonált
a szüleinek, hogy tudják, Lorynál tölti az éjszakát. Otthon aztán

adott Annának egy törölközőt, pizsamát és egy fogkefét, s megvetette számára a vendégszoba ágyát. Mindketten nagyon elfáradtak, így elmaradt az éjszakákba nyúló női csevej; zuhanyzás után azonnal ágyba bújtak, és fel sem ébredtek másnap reggelig. Kétségtelenül szükségük volt az alvásra, különösen Lorynak az elmúlt hét hányattatásai után. Nem csoda hát, ha csak délelőtt tízkor ébredt fel, arra, hogy kellemes kávéillat terjeng a lakásban. Gyorsan felkapta köntösét és kisietett a konyhába, ahol Annát találta reggelikészítés közben.

– Jó reggelt, signorina Lorain! Engedelmével, készítettem egy kis reggelit. Nagyon klasszul felszerelt a konyhája, itt öröm főzni!

– Jó reggelt, Anna. Mondtam már, hogy tegeződünk, elfelejtetted?

– Köszönöm, majd igyekszem észben tartani. Az ágyat lehúztam, az ágyneműt a fürdőszobába vittem. Jól tettem?

– Igen, remekül, köszönöm, de nem kellett volna. Én is meg tudtam volna csinálni.

– Nem akartam még több fáradságot okozni.

– Ugyan, a barátoknak segíteni öröm, és minden azzal járó fáradság is öröm!

– Jaj! Ön fantasztikus, azaz fantasztikus személyiség vagy. Phil mondta, de most már én is tapasztaltam.

– Ugyan, ne essünk túlzásokba, inkább együnk, mert olyan illatokat varázsoltál a kávéval és pirítóssal, hogy mindjárt éhen halok!

Alighogy elfogyasztották reggelijüket, megcsörrent a telefon. Phil hívta őket, hogy megkérdezze, jól telt-e az éjszakájuk, és átjöhetne-e hozzájuk. Lory félóra haladékot kért, egy gyors felöltözés erejéig.

Phil betoppanás közben nagy örömmel köszöntötte őket, és előrukkolt egy ötlettel a szombati napra.

– Arra gondoltam, szervezhetnénk egy közös programot. Konkrét javaslatom is lenne. Tekintve, hogy Anna zoológus akar lenni, és most itt vagyunk gyakorlatilag a Villa Borghese kapujában, ellátogathatnánk a Bioparkba.

– Ó. Micsoda merész gondolat! – vágta rá spontán Lory. – Na, ott még nem jártam Rómában. Anna, te tényleg zoológus szeretnél lenni?

– Igen, az szeretnék lenni. Ez egy fantasztikus ötlet, Phil, de nem akarom rátok erőltetni, ha nincs kedvetek.

– Felőlem mehetünk, de mit szólnátok, ha Nicket, azaz doktor de Bakkert is elhívnánk? – jutott eszébe Lorynak barátja és tegnapi táncpartnere nem érdekmentesen.

– Kitűnő ötlet! – felelte Phil. – Hogy ez nekem nem jutott eszembe!

– Felőlem is nyugodtan – helyeselt lelkesen Anna.

– Na jó. Akkor mindjárt átszólok neki telefonon, addig, Phil, gyere és egyél valamit, van még kávénk is, ha kérsz. Anna, kérlek, szolgáld ki Philt és ne hagyd, hogy szabadkozzon!

Lory, miután a fiatalok elvonultak a konyhába, felkapta a telefont és már hívta is Nick számát. Nick még meglehetősen álmos hangon szól bele a kagylóba.

– Halló, tessék.

– Szép jó reggelt! Lory vagyok. Mi az, te még alszol?

– Szia, mi a helyzet? Igen, majdnem, csak pár perce keltem ki az ágyból és nem biztos, hogy nem heverek-e vissza, ha letettük a telefont.

– Óh. Te álomszuszék, azt felejtsd el! Van félórád elkészülni, utána gyere át hozzám, addig készítünk neked reggelit.

– Mi ez a sietség? És mi az, hogy *mi* készítünk reggelit neked? S miért reggeliznék én nálad?

– Ha már elfelejtetted volna, tegnap a te ötleted volt, hogy Phil barátnője, Anna nálam töltse az éjszakát! Nos, most itt vagyunk hárman Phillel, és a fiatalok szeretnének velünk – azaz veled is – elmenni a Bioparkba, ide a Borghesébe, mert Anna zoológus szeretne lenni, és tudna nekünk egy szakértői vezetést tartani. Ugye nem mondasz nemet!

– Hogy mi? Szakértői túravezetés a bio micsodában?

– Így hívják az átalakított állatkertet, tudod, itt a Borghesében!

– Én még nem is voltam a római állatkertben – dadogott Nick továbbra is a meglepetéstől.

– Na, látod, most itt az alkalom. Jó buli lesz! Na, ne kéresd már magad, hanem készülődj! De siess!

S a választ már meg sem várva Lory letette a telefont, és sietett a konyhába megerősíteni Philéknek Nick csatlakozását és feltenni egy következő adag kávét.

Még húsz perc sem telt bele, s Nick megjelent Lory lakásán, ahol tárt ajtó és csábító kávéillat várta, ami egyenesen a konyhába csalta. Ott rátalált az izgatott triumvirátusra, amely a háta mögött ezt a furfangos mai programot kitervelte.

A kis csapat nagyszerűen töltötte a napot a Bioparkban, s Lory, Phil és Nick odaadó hallgatóságnak bizonyult Anna számára, aki így kitűnő alkalomhoz jutott, hogy közönség előtt mutassa be már most, a gimnázium második évfolyamán, mit is tud valójában az állatvilágról. Az állatkerti túra után együtt beültek egy pizzára, s üdítően elviccelődtek az állatokról, a karrierépítésről, s az élet fintorairól. Bőven a délutánban jártak már, mikor hazavitték Annát, aztán hármasban visszatértek az intézetbe.

HATODIK FEJEZET

Szilveszteri készülődés és bál

Az előző nap könnyed lazítása után Lory és Nick kénytelen volt gondolni a szilveszteri illetve újévi ünnepek miatt zárva tartó üzletekre, ezért eldöntötték, hogy együtt mennek bevásárolni, méghozzá Lory kedvenc bevásárlóközpontjába a la Romanina Centro Commerciale-ba. Ott először a szupermarket részlegen megvették a legszükségesebbeket, azt kivitték az autóba, majd átadták magukat a központ egyéb kínálatának, lassan sétálva a kirakatok és üzletek között. Most először Loryban valami mély hang szólalt meg, s azt súgta neki, hogy Nick mellett otthon érzi magát. Szinte már zavarba ejtő helyzetben érezte magát, különösen attól való félelmében, hogy talán Nick is meghallotta a sugallatot. Nick azonban nem mutatta semmiféle hasonló felismerés jeleit, azt viszont kijelentette, hogy ide gyakrabban jöhetnének együtt, mert úgy jobban megérné, hiszen egy autóval gazdaságosabb. Lory önkéntelenül is mosollyal az arcán helyeselt, s elfogadta az ajánlatot. Közben ettek egy-egy pizzaszeletet a gyorsétkezde részlegén, majd a parkolóház felé bandukolva a sok magazinnal és csecsebecsével, amit még beszereztek, megegyeztek, hogy ide minden szombaton, de legalábbis minden második szombaton kiruccannak. Vezetés közben, Nickkel az oldalán a furcsa, otthonos érzés végig Loryban bujkált egészen hazáig, s amikor Nick segített neki behordani a lakásába a vásárolt csomagokat, s így az autó csomagtartójában pakolva össze-összeért a kezük, még egy elektromossághoz hasonló bizsergés is futkosni kezdett Lory testén. Már biztos volt benne; a barátságnál többet is szeretne Nicktől, ugyanakkor ennek a felismerésnek már a gondolata is megrémisztette. A gondolatáradattal küzdve az elbúcsúzás Nicktől is kissé gépiesre és fásultra sikeredett, bár Nick ezt annyival lerendezte, hogy Lory már biztosan fáradt, hagyja is őt kipakolni és lepihenni, s még egyszer megköszönve a hasznos és élménydús, közös bevásárlást, gyorsan magára is hagyta. Lory, hogy észhez térjen, mindenekelőtt leszaladt a portára, majd a riasztó kikapcsolása után a galériába, hogy ellenőrizze, minden rendben van-e. Umberto hangja riasztotta fel elmélkedéséből:

– Ugyan, dottoressa, csak nem gondolja, hogy még egyszer megtörténhet a betörés egy hét leforgása alatt?

– Üdv, Umberto. Sosem lehet tudni! Tudja, a múltkori elterelő hadművelet is lehetett, egy sokkal nagyobb betörés felvezetése. Na, de látom, minden a legnagyobb rendben van, így jöjjön, bezárhatunk és vissza is kapcsolhatjuk a riasztót. – Majd kifelé terelgetve Umbertót a galériából, még hozzáfűzte:

– Jobb, ha mindenki tudomásul veszi, hogy mostantól mindennap benézek a galériába, a legkülönfélébb időpontokban fogom ellenőrizni a helyzetet.

– Igenis, dottoressa. Ez nagyon szép öntől. Engem is iderendelt az igazgató úr, mert mostantól a szabadnapokon is ügyeletet tartunk a portán.

– Kitűnő ötlet, csak támogatni tudom. Biztos vagyok benne, Umberto, hogy nem jár rosszul, és majd kárpótolja önt az intézet az áldozatért, amit a biztonságunkért hoz.

– Szívesen teszem, dottoressa!

– Most megyek, Umberto, mert még sok a dolgom. – Ezután hazasietett.

A szilveszter napja mondhatni úgy kezdődött, mint egy átlagos nap, minden aggodalom és stressz nélkül. Lory kimondottan örült ennek, mert ez azt is jelentette, hogy már nincs miért gyötrődni: sikerrel zárul ez az év is. Azért annak gondolata, hogy a képek eltűnésével kudarccal kezdődjön, s azzal idejekorán be is végződjön a kiküldetése, a lelke mélyén még mindig felzaklatta, így most is gyorsan másfelé terelte gondolatait. Igyekezett az estére hangolódni és az előkészületekkel foglalkozni. Hétfő lévén napközben még nyitva tartanak az üzletek és a fodrászatok is – futott át gyorsan az agyán, így bejelentkezett szokásos fodrászához, előtte pedig nekilátott kiválasztani a megfelelő estélyi ruhát. Épp kipakolta a lehetséges ruhaverziókat az ágyra, mikor megcsörrent a telefon külső vonala:

– Halló, tessék! – szólt bele Lory.

– Szervusz, szívem!

– Szia, mami! De jó hallani, megkaptátok az üzenetem?

– Igen, drágám, és úgy örülünk, hogy megkerültek a képek! Hogy vagy, hogy töltöd a szilvesztert?

– Köszönöm, most már jól vagyok. Na igen, az eltűnt képek okoztak némi fejfájást. Ma este bált adnak Veltmannék az egész stábnak és néhány itteni barátjuknak.

– Örülök, hogy ilyen szép programotok van! Drágám, még azt szerettem volna mondani, hogy Greg felkeresett minket és érdeklődött utánad. Elmondtam, hogy Rómában vagy kiküldetésben. Ugye nem baj?

– Greg hazajött? És engem keresett? A szülei még kint vannak Japánban?

– Igen, téged, drágám. Még kint vannak, és ő is visszamegy még egy évre, mert kint doktorál, de amíg itthon van, meg akar téged látogatni. Nem tudtam lebeszélni; azt mondta, az első géppel hozzád repül.

– Ide, hozzám? Mikor?

– Fogalmam sincs, ne haragudj! Annyira sajnálom!

– Jaj, anya, ne aggódj! Nem a te hibád!

– Köszönöm, drágám, hogy ezt mondod, de ha nem beszéltem volna a kiküldetésedről...

– Anyu, ugyan, hagyd már! Várj, hívnak a belső vonalon. – Halló, tessék!

– Jó napot, dottoressa! Umberto vagyok. Egy úr keresi Hollandiából.

– Hogy itt, személyesen? Hogy hívják?

– Igen, dottoressa, itt áll előttem. Mit mondjak neki? Azt mondja Gregory Bellmont a neve.

– Oh, te jó ég! Mondja meg neki, hogy mindjárt lemegyek.

– Anya, vonalban vagy még?

– Igen, drágám.

– Képzeld, Greg közben megérkezett. Itt vár rám a portán. Most megyek, beszélek vele. Majd hívlak este. Puszi!

– Jó-jó! Puszi!

Azzal Lory perdült-fordult, ledobta magáról az épp soron lévő estélyit, és felkapta a szokásos farmerját egy pólóval, majd lesietett a portára.

– Greg, hogy kerülsz ide?

– Szia, Lory! Én is örülök, hogy látlak!

– Persze, örülök, hogy látlak, de nagyon megleptél!

– Engem pedig az lepett meg borzasztóan, mennyire hiányzol. Az újév köszöntését már nem bírtam volna ki nélküled, hát eljöttem hozzád. Maradhatok nálad, vagy menjek szállodába?

– Jó. Na, igen. A körülményeket tekintve azt hiszem, a szálloda jobb lenne. Gyere fel, majd én telefonon foglalok neked szobát egy jó hotelben, addig a csomagjaidat itt hagyhatod. Umberto! Ugye vigyáz rájuk?

– Hát hogyne, dottoressa! Efelől nyugodt lehet.

– Greg, kérlek, kövess! Felmegyünk hozzám.

Greg már a liftben is közeledni próbált Loryhoz egy csók erejéig, de Lory ügyesen elhúzódva az estéről kezdett beszélni és meghívta Greget, hogy jöjjön ide este hatra, és majd együtt mennek a bálba. A lakásba érve Greget hellyel és kávéval kínálta, és ő is ivott vele egy csészével, mert hosszúnak ígérkezett ez a nap. Aztán felhívta a Savoyt, és foglalt egy szobát Gregnek.

– Na, most el kell mennem, mert a fodrászhoz van időpontom, te pedig jobb, ha elfoglalod a szobád. A Savoy aránylag közel van ide, s az egyik legjobb hotel. Biztosan tetszeni fog, Fellini is forgatott benne. Most hívok neked egy taxit.

– Köszönöm, Lory. Annyira kedves vagy! Ne haragudj, hogy így lerohantalak, de úgy örülök, hogy láthatlak és veled tölthetem a szilveszter estét!

– A taxi öt perc múlva itt lesz, a száma Dondolo 116. A portán várd meg! Azért a liftig kikísérlek.

Csendben tették meg a pár lépést együtt a liftig, ami szinte azonnal megérkezett. Greg belépett, majd visszafordulva csak ennyit mondott:

– Lory, én öngyilkos leszek. – Majd a liftajtó becsukódott.

– Hogy mi? Várj! Mit beszélsz? – De látva, hogy a lift már lefelé halad, rohanni kezdett a lépcső felé, majd azon levágtatott, de mire leért a portára, már csak Umbertót találta ott. Kirontott a házból az utcára, ám akkor már csak a szokásos, állandóan forgalmas utat látta. Ekkor könnyek öntötték el a szemét és majdhogynem pánikrohamot kapott, így elfordítva fejét Umbertótól, gyorsan felsietett a lakásába. Úgy döntött, ilyen állapotban kihagyja a fodrászt, inkább bemegy a Savoyba Greg után. Az ijedelem teljesen megbénította; az önvád, a szeretet, a sajnálat, a tehetetlenség és a Greg iránt érzett düh villództak benne. Érezte, hogy valami történt a fiúval, amióta nem látta, mert régen életvidámabb volt, most pedig görcsös kapaszkodásával szinte elriasztotta Loryt, aki távolságtartó viselkedése miatt csak magát hibáztathatta. Gyorsan lemondta a fodrászt és hívott egy taxit. Felkapott egy elegáns blézert, ami még egy farmert is luxuskülsővé tudott varázsolni, s azzal a Savoyba sietett. Ott sietős, de határozott léptekkel a recepcióhoz ment és Greg Bellmont iránt érdeklődött. A recepciós készséggel állt rendelkezésre és felhívta Greget, aki fel is vette a telefont. Ekkor a recepciós megkérdezte, akar-e beszélni Loryval, majd átadta neki a telefont.

– Szia, Lory! De jó, hogy itt vagy! Gyere fel, az 512-es szoba!

– Szia. Jó akkor jövök. – Megnyugodva, hogy épségben elérte Greget, elindult a lifttel az ötödik emeletre. Már a liftben azon tűnődött, hogyan szembesítse Greget a tettével, amiért úgy ráijesztett, és tulajdonképpen kizsarolta belőle, hogy eljöjjön utána a hotelbe, de aztán mire a szoba ajtajához ért, úgy döntött, csak óvatosan beszél a fiúval, nehogy rontson a helyzeten, és kiábrándultságában az mégis maga ellen forduljon.

Miután bekopogott, Greg örömtől sugárzó arccal nyitott ajtót és kapta fel Loryt szorosan magához ölelve, és forró csókot nyomott az arcára.

– Annyira boldog vagyok, hogy itt vagy!

– Na igen. Tudod… – Lory már majdnem kimondta, hogy beszélniük kellene, de nem akarta elrontani Greg boldogságát, ami láthatóan egyedül Lorytól függött.

– Ne is mondj semmit! Az lesz a legjobb, ha már haza sem mész a bál előtt! Majd itt, a hotel butikjában veszünk neked egy szép ruhát, és egyenesen innen, együtt megyünk a bálba! Ha akarod, a hotel fodrászához is lemehetsz! Na, mit szólsz?

– Remek, akkor kezdjük, s készülődjünk – mondta Lory, beletörődve a rákényszerített boldogságba.

Mindent szépen el is intéztek, amit terveztek. Lory lement a fodrászszalonba, majd vettek egy méregdrága, csodás, csupa kék flitterből álló scuba ruhát vállkendővel. Már a taxiban ültek, mikor megszólalt Lory mobilja.

– Halló, tessék! – vette fel Lory.

– Szia, Lory, Nick vagyok. Merre vagy? Otthon nem értelek el, gondoltam, mehetnénk együtt Veltmannékhoz.

– Jaj, az jó lett volna, de közbejött valami, vagy inkább valaki. Majd Veltmannéknál mindent megmagyarázok. Akkor ott találkozunk. Mi már úton vagyunk, hamarosan ott leszünk. Szervusz!

– Jó, ahogy akarod! Akkor ott találkozunk. Szia.

Pár perc múlva meg is érkeztek az igazgató rezidenciájához, s miután Greg kifizette a taxit, mindenkit meglepő impozáns belépővel érkeztek a már összegyűlt vendégek közé. A munkatársak alig akarták felismerni Loryt ebben a káprázatos ruhában egy ismeretlen, de tagadhatatlanul rendkívül csinos, elegáns és vonzó fiatalember oldalán.

– Dr. Hennes, ön valósággal ragyog ma este. Bemutatja a fiatalembert az oldalán? Úgy vélem, még nem találkoztunk – köszöntötte őket érkezésükkor az igazgató.

– Kedvesem, ön tüneményesen fest – csatlakozott férjéhez Ingrid Veltmann, majd megölelte és arcon csókolta Loryt.

– Azonnal… az úr az oldalamon régi barátom, Mr. Gregory Bellmont.

– Asszonyom, uram, köszönöm a lehetőséget, hogy önökkel búcsúztathatom az ó-, és köszönthetem az új évet! – üdvözölte a házigazdát és nejét Greg.

– Miénk az öröm, hogy csatlakozott hozzánk, a szokásosnál is elbűvölőbbé varázsolva a mi dottoressánkat!

Az érkezés protokolláris elvárásai után Lory megpróbált Greggel elvegyülni a vendégseregben, bár tekintve káprázatos párosukat, ez igencsak nehéz feladatnak bizonyult. A helyzet csak akkor vált még forróbbá, amikor megérkezett a gyanútlan, semmit sem sejtő Nick, természetesen egyedül. Miután ő is átverekedte magát a Veltmann házaspár fogadóbizottságán, azonnal kiszúrta Loryt és egyenesen oda tartott, mikor a mögöttük húzódó italpult felől visszaforduló Greget megpillantotta. Egy pillanatra megtorpant és hátrahőkölt, de aztán erőt vett magán és megszólalt:

– Ön gyönyörű, dottoressa! – tartotta magát a munkatársi formalitásokhoz Nick. – És az úrban kihez van szerencsém?

– Nicholas, ő itt Mr. Gregory Bellmont, egy nagyon régi jó barátom. Greg, ismerd meg Nickolas de Bakker urat, a történelem doktorát, az intézetünk tudományos titkárát, és egyben újdonsült barátomat.

– Igazán örvendek! Őszintén szólva, eddig még senkit sem ismertem Lorain családjából és barátai közül.

– Kölcsönös az öröm. Megnyugtató, hogy Lorain már itt is szerzett jó barátokat – azzal kezet fogott a két férfi.

Most a karácsonyfával díszített nappali szalont összenyitották az ebédlővel, ahol az ültetéses vacsora helyett állófogadáshoz rendezték az asztalokat, a két teremben, körben pedig egymás mellé a székeket. A svédasztalos fogadás már meg is kezdődött, így Lory arra invitálta két jelen lévő lovagját, hogy menjenek és válasszanak valamit a finomságok közül. A szakács kitett magáért, mert az est indításához exkluzív sós falatkákat készített különböző rátétekkel: rákos, lazacos, pármai sonkás, szarvasgombás, stb. mini torták sorakoztak végeláthatatlan oszlopokban a hatalmas ezüsttálcákon. Lory és kísérői a válogatott falatkákkal elvonultak a szalon túlsó végébe, s Loryt középre véve, a karácsonyfa közelében találtak ülőhelyet. Lory nem törte magát, hogy fenntartsa a beszélgetés fonalát a fiúk között, így a körülöttük kialakult csendet Phil és Anna törték meg, mikor megjelentek, és egyenesen Loryhoz és Nickhez mentek üdvözölni őket. Ekkor vették észre Greget, akit Lory udvariasan be is mutatott fiatal barátainak, akik ezután szépen helyet foglaltak Nick mellett, s szintén átadták magukat a szakácsuk által készített kulináris örömöknek. A hallgatólagos egyetértést Nick szakította meg, mikor megkérdezte Lorytól, hozhat-e neki valamit inni, amit a lány készséggel elfogadott egy pohár puncs erejéig. Ekkor Phil közelebb helyezkedett Greghez, s faggatni kezdte:

– S ön mivel foglalkozik?

– Jelenleg a szüleim kiküldetését kihasználva Japánban élek, s ott a tokiói egyetemen a doktorimra készülök gazdaságtudományból.

– Óh, hát ez fantasztikus! És megkérdezhetem, mióta ismerik egymást Loryval? – Phil már nem adott a formalitásokra Lory megszólításával kapcsolatban, mert büszkén kérkedett barátságukkal, amit még az apja is jóváhagyott és elismert.

– Loryval évekkel ezelőtt ismertük meg egymást egy nyaralás alkalmával az Egyesült Államokban, Floridában. Nagy meglepetéssel konstatáltuk már a repülőn, hogy egy egyetemre jártunk Amszterdamban, csak más karra.

– Ez lenyűgöző! – rajongott Anna is a hallottak kapcsán.

– Nos, igen, a kölcsönös vonzalmunk tagadhatatlanul azonnal kialakult, s azóta is tart, ugye, kedvesem? – szegezte a kérdést Greg Lorynak, épp mikor Nick visszaért az italokkal.

– Hát igen – bólogatott kelletlenül mosolyogva Lory, amiből persze a jelenlévők semmit sem vettek észre. Majd megköszönve Nicknek az italt, gyorsan kortyolt is belőle. S akkor felhangzott a híres Kahn/Andree/Schwandt szerzeményű „Dream a little dream of me" c. dal, amire Greg azonnal lecsapva reagált.

– Lory, hallod? A mi dalunk! Szabad egy táncra?

– Igen – válaszolt Lory, s kezét Greg felé nyújtott kezébe tette, de közben végig Nick arcát fürkészte, amin bizony könnyen olvasható volt a csalódottság és a gyötrődés.

Akkor már többen is táncoltak, de ez Loryt nem különösebben érdekelte. Tánc közben a tekintetével végig Nickét kereste, de a fiú igyekezett rájuk sem nézni, csak egyre több puncsot döntött magába. Lory úgy tervezte, hogy beszél Nickkel rögvest ez után a dal után, de ezt Greg szintén meghiúsította, mert azonnal kézen ragadta Loryt és kivezette a teraszra. Kint leültek egy padra és Greg arról kezdett beszélni, milyen értelmetlennek és kilátástalannak érzi az életét, és semmi kedve visszamenni Tokióba. Kifejtette, hogy az egyedüli életcélt számára Lory jelenti, és érte mindent megtenne. Lory próbált felhozni néhány ellenérvet, mint például a tudományos előmenetel, így a PhD sikeres befejezésének fontossága stb., de Greg csak folytatta a kesergést, s azt, hogy a PhD-t is az apja erőltette, és megőrül a neki való megfelelési kényszertől, s valójában, ha jól belegondol, a középiskola adja a legmaradandóbb ismereteket egy ember életében. Persze Lory ezzel abszolút nem értett egyet, hiszen a művészettörténet és a régészet, amiket végzett, pont nem olyan tárgyak voltak, amelyekről bőven esne szó a középiskolában. Szóval végül Lory mégis megadta magát, hiszen Greg még a vállkendőjéért is beszaladt, csak hogy Lory ne fázzon, és kint maradjon vele kettesben. Azért egyszer csak elővette bátorságát és rákérdezett, miért is nem lett köztük előbb valami komoly, még mielőtt kiment volna Japánba három évvel ezelőtt. Azóta csak leveleket váltottak, úgy kéthavonta egyet, mígnem Lory megkapta a római állást, amivel teljesen megszűnni látszott kapcsolatuk.

– Oh, Lory! Ha tudnád, mennyit szenvedtem emiatt. Aztán telefonáltam és anyukád elmondta, hogy Rómában vagy már fél éve, akkor eldöntöttem, hogy megkereslek, és mindent megmagyarázok és helyrehozok.

– De Greg... köztünk úgy igazán nem volt semmi. Mit akartál helyrehozni?

– Hát épp azt, hogy legyen valami köztünk. Valami komoly, jövőbe mutató kapcsolatra vágyom, csak veled, Lory! – Erre végképp nem számított Lory, így azt sem tudta, hirtelen mit is mondjon, így halkan motyogott valami olyasmit, hogy:

– Ez nagyon szép, Greg, de a terveket közösen szokták az emberek szövögetni, és így mindkettőnkben meg kell érnie ennek a vágynak, amiről beszélsz.

– Te nem szeretsz? Még Amszterdamban, mikor annyit jártunk együtt moziba meg vacsorázni kettesben és a barátokkal is, mást éreztettél velem.

– Amszterdamban minden más volt, de azóta eltelt három év, ami alatt csak leveleztünk. Ne érts félre, te egy nagyszerű srác vagy, de most össze vagyok zavarodva. Tudod mit? Most menjünk vissza a terembe, és ma már ne beszéljünk erről a dologról! Aludjunk rá egyet.

– Jó, de ugye holnap visszatérhetünk rá?

– Igen, hát hogyne.

Azzal visszamentek a terembe, ahol már a csúcson járt a hangulat: előkerültek a szilveszteri dudák és a konfettik, s közben a svédasztal kínálata is megváltozott: a sós falatkák mellé tettek édességeket is, amik süteményköltemények voltak mondhatók. Greg arra vonszolta Loryt, aki kapkodta a fejét, de sehogyan sem fedezte fel Nicket. Ám mivel Phil és Anna is éppen a sütis pultnál álltak, Lory megkérdezte Philt, merre lehet Nick. A válasz lesújtó volt:

– Azt mondta, levegőváltozásra van szüksége és van meghívása a spanyolokhoz a San Pietro in Montorióra, így átmegy oda. Hívtam neki egy taxit, mert nagyon kezdett elázni.

– Ah. Jaj, de sajnálom! Már nem is jön vissza?

– Én őszintén azt sem tudom, hogyan fog ma este hazaérni, mert már itt nagyon az asztal alá itta magát. Hogy mi lehet a bánata, nem értem.

– Miből gondolod, hogy bánatában itta le magát?

– Tudod, az eddigi évek alatt már sokszor vettem részt ünnepségeken, fogadásokon vele és még sosem lett részeg. Ez az első alkalom. Na és ahogy közben nézett előre, olyan üveges szemekkel… valami nagy baj érhette, az már biztos! Őszintén, nem lehet, hogy beléd szeretett és féltékeny Gregre?

– Na, ezt meg miből gondolod, te Sherlock?

– Csak mert itt összezárva élünk már évek óta, és minden apró-cseprő dolgáról tudunk egymásnak, s mikor ma este is puhatolóldztam nála, csak olyasmit mormogott, hogy nem érdekes, meg én ezt nem érthetem. De aztán egyszer csak idegesen odahajolt hozzám, már jól be volt csiccsentve, és azt kérdezte, hogy ti még mindig kint vagytok-e a teraszon.

– Jó-jó, de ez utalhatott arra is, hogy egyedül unatkozott, nem volt társasága, és egyszerűen nem érezte itt jól magát.

– Ő, aki úgy rajong az intézetünkért, mint egy igazi otthonért, és minden munkatárssal barátságot ápol? Áh, Lory, nem mondod komolyan, ugye? Most is sajnálattal gondolok rá, ahogy elképzelem, milyen kivetettként kódorog a Cervantes Intézetben a sok ismeretlen, fiatal ösztöndíjas között.

– Nincs véletlenül egy meghívód a spanyolokhoz?

– Nincs, és Nicken kívül szerintem az intézetben senki sem kap tőlük meghívókat.

– Micsoda pech! Valahogy beszélnem kell vele.

– Na, azzal szerintem idén már elkéstél.

– Az lehetetlen.

– Mi lehetetlen, drágám? – fordult oda hozzájuk Greg.

– Drágám… – visszhangozta gúnyosan Phil. – Na, ebből idén már nem mászol ki! – Azzal kézen fogta Annát, és elvonult vele sütizni.

Lory csak állt ott földbe gyökerezett lábakkal és egyfolytában az kavargott az agyában, mennyire elszúrta, és most egyértelműen Nick után kellene rohannia. Még azt is alig hallotta, ahogy Greg szólongatja, hogy menjenek leülni a sütivel.

– Mi van veled, drágám? – kérdezgette egyre hangosabban Greg.

– Jaj, ne hívj már drágádnak! Itt ez olyan kínos. Hivatalosan mi még nem vagyunk együtt!

– Igaz, csak holnap akartam ezzel előrukkolni, de most olyan jól egybevág minden. Lory, nem tudok nélküled élni, mindig csak rád gondolok! Legyél a feleségem!

Mivel a zene pont elhallgatott, a végszó harsányan izzott a levegőben, amire mindenki odakapta a fejét.

– Hogy mi? – kérdezte Lory az ájulás határán.

– Lorain Hennes, lennél a feleségem? – ismételte meg mindenki füle hallatára, már visszafogottabb, de határozott hangon Greg.

Loryban hirtelen olyan kettős érzés csapongott, amit egyszerűen képtelen volt kezelni vagy leküzdeni: a bimbózó szerelem miatt a forró vágyakozás Nick után, és az öngyilkossággal játszadozó, magányos, sajnálatra méltó, őszinte, becsületes és kiszolgáltatott régi barát, Greg, aki azért nem érdemli meg, hogy letaszítsa a mélybe a boldogság kapujából. Gyorsan kellett mindezt átgondolnia, így hát döntött.

– Igen, leszek a feleséged! – mondta ki az elvárásoknak megfelelően.

Ekkor hatalmas üdvrivalgás hangzott fel a teremben, és elsőnek Veltmannék gratuláltak az ifjú jegyeseknek. Veltmann magához is ragadta a szót egy pillanatra:

– Kedves jelenlévők, drága barátaim, munkatársaim vezetőjeként enyém a feladat és a megtiszteltetés, hogy hivatalosan bejelentsem a mi dottoressa Lorain Hennesünk eljegyzését ezzel az elragadó fiatalemberrel, Gregory Bellmonttal! Éljen az ifjú pár!

– Éljen! – visszhangozta a vendégsereg, magasba emelve a pezsgőspoharát, amit addig a pincérek gyorsan teletöltögettek.

Ez volt az a pillanat, ami már sok volt Lorynak, így igyekezett kihátrálni a teremből, s mivel már éjfél körül járt az idő, az Újév köszöntése miatt kialakuló izgalomban és készülődésben alig tűnt fel valakinek a távozása. Greget kivéve, aki azonnal utánament.

– Hová mész, Lory drágám? Még csak most köszöntjük az Újévet, gyere, koccintsunk! – nyújtotta az egyik kezében lévő pezsgőspoharat Lory felé.

– Tudod mit? Mi koccintsunk itt kint, csak kettesben. Elegem van a társaságból.

– Milyen igaz! Ez így sokkal romantikusabb. Akkor majd én mérem az időt, éjfélig már csak pár perc. – S azzal odament a lányhoz, és leült mellé a kőpárkányra. Bentről már hallották az éjfélt jelző hangzavart és a sok BUÉK kívánságot, így ők is koccintottak, majd pedig Greg egy halvány csókot lehelt Lory ajkára.

– Olyan boldog vagyok, Lory! Ugye ma éjjel nálad maradhatok?

– Jó, persze. Tényleg butaság lenne visszamenned a Savoyba, még ha jobban is örülnék neki.

– Te nem akarod összebújva, együtt tölteni az eljegyzésünk éjszakáját?

– Dehogynem – mondta ki meglehetősen bágyadtan Lory, miközben lassan már meggyőzte a lelkét afelől, hogy ő nem érdemelt egy olyan viharosan forró és tökéletes szerelmet, mint amit Nick kínált, s ami – valljuk be – a kiszámíthatatlanságával bizony ijesztő is volt Lory számára. Ő kötelességtudatból választott, mert meg akarta menteni régi barátját – akitől, mi tagadás, volt idő, hogy többet várt, sőt álmokat szőtt róla – a lejtőtől, amin az nyilvánvalóan elindult, s az utolsó előtti pillanatban ért révbe Lorynál. Talán a korábbi lovagregényként szőtt álmok Gregről segítettek a döntésben: az, hogy a sok vágyakozás most hirtelen valóra válni látszott s kiszámítható boldogsággal kecsegtetett, hát ezért mondott igent. Mi tagadás, egyfajta euforikus bódulatot is érzett emiatt a megvalósult tündérmese miatt. Különlegesnek és kiválasztottnak érezte magát, ami a felhőtlen örömöt kellett, hogy jelentse, s amit, ahogy mondani szokták, csak az érdemli, aki szinte már örülni sem tud neki. A pár perc csendes üldögélés után Greg kézen fogta Loryt, és annak lakása irányába húzta.

– Drágám, fáradt vagy, most jobb, ha hazaviszlek. – Lory pedig bólogatva, szó nélkül követte.

Az éjszaka szép volt, semmi sem történt köztük, csak egymást szorosan átkarolva hullottak álomba.

HETEDIK FEJEZET

Új év – új élet

Reggel ugyanúgy egymás karjában ébredtek, mint ahogyan álomba szenderültek. A mozgalmas este után Lorynak is jólesett tovább aludni a szokásos hat óránál, így valamivel nyolc előtt még nem sietett kikelni jegyese mellől.

– Alig tudom elhinni, ami tegnap történt! – buggyan ki belőle, mikor észrevette, hogy Greg is felébredt.

– Jó reggelt, drágám! Hogy aludtál? – kérdezte tőle Greg.

– Jaj, remekül. Képzeld, azt álmodtam, hogy férjhez megyek!

– Tudod mit? Most átmegyünk a Savoyba reggelizni. Na, mit szólsz?

– Azt, hogy nagyon tudsz élni! Akkor készülődöm is. Viszont akkor talán reggeli után ki is jelentkezhetsz és átjöhetsz hozzám.

– Benne vagyok, de azt is megértem, ha nem akarsz házasság előtt együtt lakni a kollégák előtt.

– Ugyan, itt senki sem a koraközépkorban él, s megvolt a hivatalos eljegyzésünk! Ah, el sem hiszem!

– Boldog vagy?

– Ó, igen! És te? – kérdezett vissza Lory.

– Én is nagyon!

– Viszont még egy feladat vár rám, hogy felhőtlen legyen a boldogságom. Beszélnem kell Nickkel. Még mielőtt visszamegyünk a Savoyba.

– Lehet, hogy még alszik. Tényleg olyan fontos ez? A kollégáid azt mondták, még átment egy másik helyre is bulizni. Biztos jó későn jött haza.

– Akárhogy is, muszáj beszélnem vele. Minél előbb!

– Hát jó. Akkor itt várlak.

– Mindjárt jövök. – Kiszaladt a mosdóba, majd gyorsan felkapva egy Audrey Hepburn-ruhát, elsietett.

Szándékosan nem telefonált át Nicknek, mielőtt átment hozzá, mert úgy sejtette, a fiú sértődöttségében el is utasítja a személyes találkozást vele. Így inkább megkockáztatta, hogy Nick becsapja az orra előtt az ajtót. Mikor odaért, egy pillanatra megtorpant, és kezét a csengőn tartva várt egy pillanatot, majd nagy levegőt vett és becsöngetett. Bentről kis késéssel Nick hangja hangzott fel.

– Pillanat! Jövök már! – Hallatszottak csoszogó léptei közeledni az ajtóhoz.

Az ajtó kinyílt, és ott állt Nick egy bokszeralsóban és egy pólóban, kócosan és borostásan.

– Szia, Nick. Jó reggelt! Beszélnem kell veled.

– Szia. Mit keresel itt? Miről kéne nekünk beszélnünk? Inkább csak gratulálnom kell neked; ha jól hallottam tegnap este a bomba hírt, hogy Greggel eljegyeztétek egymást.

– Igen, de ez nem olyan egyszerű! Veled már...

– Ó, nekem nagyon is egyszerűnek tűnik – vágott közbe Nick. – Ne aggódj már, Lory! Elkéstem, ennyi az egész. Nincs miért elnézést kérned, köztünk nem volt semmi.

– De még lehetett volna, és én...

– Ezt már nem tudjuk meg – vágott ismét a lány szavába Nick. – Szóval most élvezd a boldogságod. Meddig marad Greg? Mikorra tervezitek az esküvőt?

– Na, ezeket még tisztáznunk kell. De mindenképpen tájékoztatlak!

– Köszönöm, az jólesne. Talán ennyit még megérdemel a barátságunk, nem?

– Hát persze! Akkor barátok? – kérdezte, reménykedve fürkészve a fiú arcát, s mikor az bólintott, azonnal rávágta: – Nem is tudod, milyen boldoggá teszel ezzel!

– Most menj, és élvezd a jegyesség örömeit!

– Köszönöm, Nick! – A fiú arcára lehelt egy forró csókot, majd sarkon fordult és hazament.

Otthon Greg már útra készen várta.

– Na, hogy ment a kis vézna koraszülöttel?

– Hogy beszélsz róla? Tudd meg, hogy jobban nem is mehetett volna, és Nick azért, mert szikár testalkatú, még nem érdemel gúnyt!

– Jó, bocsánat.

– Na azért. Akkor tőlem mehetünk. Most szerintem menjünk az én autómmal! – indult az autóhoz Lory.

A Savoy hangulata mindig előkelő, diszkrét és felemelő.

– Egyszerűen bámulatos, hogy ezekben a luxushotelekben megállt az idő évszázadokkal ezelőtt, és így azonnal a világ felett érzed magad – állapította meg Lory, mikor beléptek a Savoy ajtaján.

– Igen, drágám, hozzá kell szoknod, hogy én csak ilyen helyekre viszlek majd, mert te ezt érdemled, sőt még annál is többet.

Kinek nem tetszik, ha ilyen bókokkal és dicshimnuszokkal illetik? S még ha egy kissé túlzásnak is tartotta Lory, azért jólesett számára elhallgatni és elismerni Greg ajnározó szavait. A reggeli ideje már véget ért, így bementek a hotel kávézójába, hogy végre megreggelizzenek. Közben elbeszélgettek a jövőjük tervezéséről, s a következő lépésekről a közös életüket illetően. Megegyeztek, hogy Greg szombaton visszarepül Tokióba, elmondja a szüleinek a nagy újságot és folytatja a PhD-kurzust, ami fél év múlva, júniusban ér véget. Eközben Lory is beavatja a szüleit a döntésükbe. Addig telefonon és skype-on tartják a kapcsolatot, de a húsvéti szünetben ismét tudnak találkozni valahol, majd még eldöntik, ki megy kihez. Lory azt is megígérte, hogy erre a hétre szabadságot kér az igazgatótól, és Greggel bejárják Rómát és a környékbeli, főbb romantikus helyeket, mint a Villa Adriana és a Villa d'Este Tivoliban Nero villájának, sőt inkább városának maradványait őrző Anzio városa, az etruszk Cerveteri, Sutri és Capranica városkák, aztán Palestrina és Fumone városok lenyűgöző középkori hangulatukkal, valamint a híres Montecassino apátság.

– Még szinte a végtelenségig bővíthető lenne a kör, de kedd lévén minderre csak három napunk marad, mert ugye szombat hajnalban megy a géped – szögezte le Lory a tényeket.

– Igen, drágám, de hagyhatunk valamit húsvétra is, vagy később, mert azt tervezem, hogy az esküvő után ideköltözöm hozzád, és itt keresek munkát Rómában.

– Oh, hát ez... ez fantasztikus! – hebegett Lory a megindultságtól. – És ezt csak így mondod? Az elkövetkező fél évben majd ráállok a kutatásra, s begyűjtök neked minden fontos címet és elérhetőséget.

– Az nagyszerű lenne, de én sem fogok tétlenkedni ez ügyben, azt elhiheted! Akkor ezt is eldöntöttük. Most menjünk kijelentkezni a hotelből, mert még kifizettetik velem ezt a napot is!

Felkerekedtek, s felmentek Greg szobájába. Nem sok pakolni való volt, mert Greg csak az előző nap jelentkezett be és alig töltött ott időt. Pillanatok alatt végeztek, s még egy romantikus csókra is maradt idejük. Aztán lesiettek a recepcióra, és még tíz óra előtt kint is voltak az autónál.

A város nyugodt volt, sőt mondhatni kihalt, így pillanatok alatt visszaértek az Intézetbe. Ott nyugodtan kipakolták és elhelyezték Greg holmiját, aztán Lory összedobott egy gyors penne al tonno ebédet.

– Hát ez fantasztikus íz, Lory! Még sosem ettem ilyet. Te ilyen ügyes vagy? – áradozott az étel felett Greg.

– Ugyan, ne viccelj már, ez a világ legegyszerűbb és leggyorsabb étele. Igaz, Hollandiában a gyerekek rajonganak érte, anyut is megtanítottam rá, és mindig nagy sikere van vele.

– Hát, azt el is hiszem, mert eszméletlenül finom: kissé csípős, de a paradicsom és a tonhal ezt megfelelően ellensúlyozza. Nem ismerem jól az igazi olasz konyhát, csak a nemzetközileg híressé váltakat, mint a pizzák és egyes tészták.

– Amik nyilván nem olyan jók, mint az itt, Olaszországban, eredeti alapanyagokból készültek. Tudom, hogy szereted a hasad, úgyhogy egy kulináris élményekből álló túrára is készülj, mert a városnézések közben majd elmegyünk a legjobb – értsd legtipikusabb – éttermekbe is! – festette előre Lory a kirándulások kecsegtető programját.

– Jó, de ma, január elseje lévén, biztosan minden zárva van, s ha itthon is ilyen kitűnőt tudunk enni, én azt mondanám, ma már maradjunk itthon, és vonuljunk a hálószobádba egy üveg pezsgővel és két pohárral! – Odament a hűtőhöz, kivett egy üveg – szerencséjére – behűtött pezsgőt, majd, felkapta Loryt a karjába és bevitte a hálószobába. – A poharakért majd még visszajövünk – tette hozzá, miközben ledobta Loryt az ágyra.

Már későre jártak az éjszakában, mikor felocsúdtak szerelmük beteljesedéséből. Akkor felkaptak egy-egy köntöst és kimentek a pezsgővel a teraszra, ahol még így, a tél közepén is elviselhető idő volt.

– A szokásosnál is enyhébb telünk van idén – állapította meg Lory.

– Bár, valljuk be, most a szerelem hője is fűt minket – kacsintott Greg Loryra.

– Na igen, drágám, ez csak természetes!

A következő napok úgy teltek, ahogyan elképzelték: Veltmann könnyedén adott szabadságot a hétre Lorynak és sikeresen, bár nem tüzetesen, bejárták Róma és környékének főbb látványosságait, megtűzdelve az ott található éttermekkel. Ahogyan az már csak lenni szokott, észveszejtő gyorsasággal telt el számukra a hátralévő három nap. Szombaton Lory kivitte Greget a repülőtérre és ott megvárta vele a bejelentkezést, majd érzékeny búcsút vettek és megegyeztek, hogy mindennap beszélni fognak.

NYOLCADIK FEJEZET

A távkapcsolat kezdete

A búcsúzást követően Lory még az eljegyzés bűvöletében szárnyalt, s csak a szüleivel való telefonbeszélgetés zökkentette vissza ismét a jelenbe.

– De szívem – mondta az anyja –, biztos vagy a döntésedben? Ne érts félre, mi apáddal örülünk a boldogságodnak, de vajon tényleg ez a boldogság számodra?

– Igen, anya, tényleg ez. Hogyan mondjam még meggyőzőbben, hogy elfogadjátok?

– Mi elfogadjuk, drágám, csak kissé elsietettnek érezzük. Ráértetek volna még ezzel a komoly döntéssel.

– De anya, én most 28 éves vagyok, három évvel ezelőtt diplomáztam, tavaly tavasszal doktoráltam, és elég jó munkám is van, ha nem vettétek volna észre. Talán el tudom dönteni, mikor kell megtennem egy ilyen életre szóló, fontos lépést. Egyszerűen most jött el az ideje.

– Ha te így látod, édesem, akkor minden rendben van. Mi nagyon boldogok vagyunk, hogy saját családot alapítasz egy olyan rendes fiúval, mint Greg. Az esküvőn már gondolkodtatok? Mikor és hol tartjátok? Remélem, itthon.

– Ez még nem került szóba, de azt eldöntöttük, hogy Greg a doktorija megvédése után ideköltözik hozzám. Addig mindennap beszélünk, és még legalább egyszer találkozunk húsvétkor.

– Jaj, ezek nagyon szép tervek! Olyan boldog vagyok!

– Örülök, anya, hogy velem örültök!

– Hát persze, drágám!

– Akkor most búcsúzom, aput is puszilom. Szia!

– Szia, drágám!

Mi tagadás, Lory válláról nagy súly esett le, azzal, hogy túljutott a hír közlésén szüleivel. Tulajdonképpen ez volt a jegyesség hivatalosításának egyik mérföldköve. Alig várta, hogy miként számol be neki majd Greg az ő szüleinek beavatásáról. Ahogy megegyeztek, Greg vasárnap hajnalban – ami Tokióban már majdnem delet jelentett – rácsörgött Loryra, hogy közölje, gond nélkül hazaért. Azt is közölte, estig biztosan el tudja mondani a fejleményeket a szüleinek, s azután azonnal felhívja skype-on Loryt. Így is lett; római időzóna szerint éjfélkor már együtt örülhettek, hogy döntésük átment a szülő-próbán, s abban is megegyeztek, hogy az esküvőt Amszterdamban tartják majd, s mivel Greg és szülei nem igazán vallásosak, nem egyházi szertartással, csak polgárival kelnek egybe. Lory párjától felhatalmazást kapott, hogy elkezdje a ceremónia szervezését, s abban is egyetértettek, hogy a húsvétot Hollandiában kell tölteniük, hogy alá tudják írni a hivatalos házassági kérelem papírjait. A terveik szerint az esküvőre valamikor nyár végén kerülhet majd sor legkorábban, de a lakodalom helyszínének lefoglalásával és a meghívókkal meg kell várniuk a hatósági engedélyt a házassághoz és annak időpontjához.

Ezzel beindult a távkapcsolatuk, ami a kategóriájában is a nehezebb esetekhez tartozott a nyolc óra időeltolódás miatt. Ennek következtében ugyanis Lory éjfélig ébren kellett, hogy maradjon mindennap, hogy Greg tokiói idő szerint reggel nyolckor hívhassa őt. A lehetséges verziók fáradságos kipróbálása után – amikor is a szerelem hevében a nap legkülönbözőbb időpontjában is szerettek volna beszélni egymással, és így Lory mindenhová magával vitte a tabletet – végül ennél a rendszeres időpontnál maradtak. A rendszeresség nyugalmat adott mindkettőjüknek, és enyhítette a várakozással járó stresszt. Az idő gyorsan telt így, hamar eljött a tavasz, s a szülőknek is volt idejük bőven megbarátkozni gyermekeik egymás iránti érzelmeikkel. Lory számára repültek a napok és a hetek Rómában, s nagy örömére már a van Goghot húsvét előtt leváltó kiállítás szervezésével kellett foglalkoznia. Nagy kihívással kellett szembenéznie, mert a nagy érdeklődésnek örvendő van Gogh kiállítást semmiképpen sem

akarta alulmúlni. Annyi bizonyos volt, hogy holland művészt
kellett találnia, de azt is eltökélte, hogy nem kortárs, hanem
valamelyik klasszikus művészt választja majd. Hosszas vívó-
dás után végül Jan Vermeer van Delftre, az „Észak Mona Lisá-
jának" alkotójára esett a választása, akinek műveit sokáig csak
kortársai ismerték el, majd évszázadokig névtelenség kísérte.
Ma azonban Rembrandt mellett a holland aranykor másik leg-
nagyobb festőjének tartják. Lory ismét lenyűgözte igazgatóját
a választásával, amivel Veltmann teljes mértékben egyetértett
és azonosult. A van Gogh kiállítás lebontása és a képek haza-
küldése után Lory számára már csak a kapcsolatfelvétel maradt
hátra a kiválasztott Vermeer van Delft-festményeket őrző mú-
zeumokkal. Most – a múltkori rablás miatt – sokszorosan na-
gyobb figyelmet és óvatosságot követelt meg magától és min-
den munkatársától. Szépen haladtak is az előkészületekkel. A
megnyitót március 21-ére tervezték, azaz a Nagycsütörtököt
megelőző csütörtökre. Lory azon a hétvégén tervezte az utazá-
sát haza, Maastrichtba. Ő ugyanis az amszterdami születésű
Greggel ellentétben a katolikusnak számító kisvárosból, Ma-
astrichtból származott, és szülei még mindig ott éltek. Mind-
azonáltal Lory szülei is elfogadták az amszterdami polgári es-
küvő tervét. Lory titkon vágyott ugyan Isten házában fogadni
örök hűséget, de meggyőzte magát – és szülei is őt –, hogy bár-
hol is tegyék meg a fogadalmukat, az isteni érvényű lesz, s ez
megnyugtatta. Az esküvőt édesanyja kezdte szervezni Greg
anyukájával, akik a lakhelyük szerinti kerület polgármesteri
hivatalában adták be a kérelmet, amit majd alá kell, hogy írjon
a fiatal pár, s addig nem jelölhettek ki időpontot sem a szertar-
tásra. Erre a megegyezésük szerint a Nagyhét hétfőjén keríte-
nek majd időt, mert az azt megelőző hétvégén mindketten meg-
érkeznek Hollandiába.

Lory számára a kiállításmegnyitó, amely tökéletesen zajlott
le, olyan volt, mintha az utolsó akadályt venné egy 110 méte-
res gátfutó versenyen, hiszen azt követően már csak egy mun-
kanapja volt a hazaindulásáig. Minden fontos teendőt átadott
a húsvéti szünetre a kollégáinak, beleértve Mark Potent, az új

gazdasági vezetőt is, az őt érintő ügyekkel kapcsolatban. Miután mindennel elégedetten elkészült, péntek este bepakolta a bőröndjét és a viszontlátás előtt még utoljára skype-on beszéltek Greggel.

– Drágám, annyira vártam már ezt a pillanatot! Mintha soha nem akart volna eljönni a húsvét. Ez a PhD-kurzus nagyon unalmas. Apám tartja bennem a lelket ezzel kapcsolatban – fakadt ki Greg. – Amúgy az egészet az ő kedvéért csinálom.

– Ne mondd ezt, különben is, apukád csak jót akar. Ennek köszönhetően lesz egyáltalán esélyed munkát találni Rómában – vágott vissza Lory, szokásos családösszetartó és békéltető mentalitásával. – Számomra repült az idő, mert tudtam, hogy a cél te vagy, így felpörgettem az életem, hogy gyorsabban eljöjjön a várva várt pillanat.

– Okos az én kis jövendőbeli Nyuszikám. Büszke vagyok rá, már előre is, hogy feleségül jön hozzám egy ilyen nő, mint te! Na jó, most búcsúzzunk, mert holnap reggel nem szeretném, ha lekésnéd a járatod! Sokszor puszillak, és akkor Amszterdamban találkozunk!

– Viszlát, Macikám! Jó éjt, jó utazást! Csókollak! – S azzal, ahogy szokták, egyszerre letették a telefont.

Az utazás jól zajlott. Nick ragaszkodott hozzá, hogy ő vigye ki Loryt a repülőtérre, s azt is megvárta, míg bejelentkezett. A repülés sima volt, és másfél óra alatt Amszterdamba ért, ahol a szülei várták. A tervek szerint Greg szüleinél szálltak meg pár napra – akik korábban el tudtak szabadulni a tokiói kiküldetésből, hogy tavaszi vakációra hazatérjenek –, hogy ezzel megtörténjen a szülők közelebbi megismerkedése is. Greg szülei, Dave és Gabrielle Bellmont ragaszkodtak hozzá, hogy ők szállásolják el Loryékat amszterdami tartózkodásuk alatt, ezzel is megkönnyítve a közös tervezést a nagy esemény tiszteletére. Nagy volt az öröm, és a kölcsönös tiszteletet minden túlzás nélkül kialakuló barátság tetézte. Greg amszterdami idő szerint vasárnap estére ért haza, ahol már Lory és a szülők várták.

Minden a tervek szerint, a lehető legjobban alakult. Vasárnap este sziporkázó hangulatú, közös családi vacsora, majd hétfőn a fiatal jegyesek a hivatalban kezdték a napot, ahol az anyakönyvvezetővel mindent elrendeztek, s még az esküvő időpontját is kitűzték július 27-ére, egy szombati napra. Addig reményeik szerint minden fontos meghívott vendég szabaddá tudta tenni magát. Délre végeztek is a Városházán, így kettesben elmentek gyűrűt venni, mivel Greg, szégyenszemre, anélkül kérte meg Loryt, s most mindenképpen pótolni szerette volna ezt a hiányosságot. Így viszont legalább együtt választhatták ki a gyűrűiket: egyforma, egyszerű, mattított és hullámosan karcolt, arany karikagyűrűket választottak, amelyeknek az árát Lory bátyja, Steve állta, aki szintén nagy örömmel értesült húga esküvői szándékáról, s már korábbról ismerve Greget, csak támogatta az elhatározásukat. Ő különben egy rockzenekar billentyűseként éppen európai turnén járt. Az első családi összejövetelről Greg nővére, Angelique is lemaradt, mert Svédországban élt élettársával, Metts-szel és kislányukkal, Sonjával. Mellesleg Angelique komoly tanári állást töltött be két malmői gimnáziumban is. Velük, úgy tűnt, Loryék legkorábban az esküvőn tudnak csak találkozni.

A húsvéti vakáció gyorsan elröpült, s április másodikán mindenki hazautazott: Lory Rómába, szülei Maastrichtba, Greg és szülei pedig Tokióba. Mind elégedetten keltek útra, mert minden fontos tennivalót elintéztek, s minden további feladatot megbeszéltek és kiosztottak, együtt vállalva a terheket mind anyagilag, mind pedig a gyakorlati szervezés terén. A legfontosabb részen is túljutottak: összeírták mind a 150 vendég nevét és címét, s miután a fiatalok kiválasztották a meghívót, azokat Lory szülei postázták.

Loryt Rómában Nick várta a reptéren, és miután hazavitte, mindenképpen vendégül akarta látni egy ebédre, így volt alkalmuk megbeszélni a húsvéti szünet eseményeit. Nick beszámolt a Rómában történtekről, s levitte a nyughatatlan Loryt a galériába is, hogy saját szemmel is láthassa, minden a legnagyobb rendben van. Miután ismét felértek Nick lakásába, Lory kijelentette, hogy az utazásban elfáradt és pihenni szeretne, így megköszönte Nick segítségét és meghívását, s hazament lezuhanyozni, kipakolni és aludni egyet. Este nem tudott beszélni Greggel, mivel ő még szüleivel együtt a repülőn ült Ázsia felett, s ez a tény kifejezetten aggasztotta. Alig várta, hogy újra beszéljenek. Saját maga számára is meglepetés volt ez az érzelmi kötődés, ami kialakult közte és Greg között; úgy tűnt valami földöntúli kapocs van köztük, s ez egyszerre zavarta és nyugtatta meg Loryt. Amszterdamban végleg kialakult köztük saját kétszemélyes szigetük: ha együtt voltak, a világ megszűnt létezni körülöttük.

Szerdán éjjel, amikor Greg felhívta Loryt megnyugtatni érkezésük felől, újra beindult a korábbi távkapcsolat. Ez pár hét alatt zökkenőmentes rutinná vált köztük. Az intézetben nagyszerűen folyt a munka és Lory ismét gyorsan belerázódott a tevékenységébe, s nagy örömére Nickkel is simán mentek a dolgok, igazi jó barátság alakult ki köztük. Közben Phil és Anna életében is nagy változás volt készülőben, mert Anna elnyert egy egyéves ösztöndíjat Barcelonába, amit a következő szeptemberben kezdhetett. Azért megígérték Lorynak, hogy ott lesznek az esküvőjén.

Greg júniusban sikeresen megvédte PhD címét, és utána azonnal elkezdett pakolni a hazaköltözéséhez. Loryval úgy döntöttek, hogy Greg nem küldi egyenesen Rómába minden holmiját, ami Tokióban vele volt, hanem majd Amszterdamban kiválogatja, mi kell neki, és csak azt hozza magával. Az esküvő közeledtével Greg izgatottsága is egyre fokozódott, s a mindennapos beszélgetéseik központi témájává vált.

– Tudod, Lory, utálok szerepelni. Ki nem állhatom, ha én vagyok a középpontban, s minden szem rám szegeződik. Ezt csak érted teszem meg.

– Ugyan, drágám, ez egy természetes izgalom, ami majd akkor, huss, elszáll egy pillantás alatt és csak mi ketten maradunk az anyakönyvvezetővel, s a vendégsereg fényévnyire kerül majd a lelkünktől. Meglásd, minden a legsimábban fog menni!

– Nagyon remélem.

Greg már június végén hazaköltözött Amszterdamba, a szülei viszont csak egy héttel később tudtak elszabadulni a diplomáciai kötelezettségek alól. Lory szülei Gregék lakásában lettek elszállásolva, ahová június 30-án, vasárnap délelőtt Lory is befutott. A menyasszonyi ruhával nem volt sok gond, mert Lory az édesanyjáé mellett döntött, amit kisebb átalakítás és testre igazítás miatt még húsvétkor a varrónőnél hagyott, s most, mivel a próbán kitűnőnek bizonyult, el is hozott. A készülődéssel járó izgalom csak fokozódott a vendégek érkezésével, akik mind személyesen hozták el ajándékaikat Gregék lakására, ahol Lory igazi háziasszonyként levezényelte az ajándékbontást teázás és süteményhegyek kíséretében. Lory legnagyobb meglepetésére római kollégái is eljöttek, csupán Nick – aki képtelen lett volna végignézni, amint Lory összeházasodik egy másik férfival –, Mark Poten, az új gazdasági vezető, valamint Gigi, Umberto és Antonio nem tudtak megjelenni, mert ők vigyáztak az intézetre. S aztán elérkezett a nagy nap.

KILENCEDIK FEJEZET

Az esküvő

Az esküvő napján izgatott sürgés-forgás vette körül a menny-asszonyt, Greg pedig szüleivel már a szertartás 10 órás kezdete előtt egy órával az anyakönyvi hivatalhoz ment és fogadta az ott gyülekező vendégeket, s tájékoztatott mindenkit, hogy a foga-dást a város egyik legelőkelőbb szállodájának, a Hotel Okurának huszonharmadik emeletén lévő, Ciel Blue nevű elegáns étermé-ben tartják. Ez a szálloda Amszterdam egyik legszebb kanálisa mentén, a város szívének legprominensebb pontján helyezke-dik el, tizenöt percre a Schiphol repülőtértől, így minden ven-dég számára könnyen elérhető, ideális helyen.

Végre megérkezett Lory elképesztően szép, minimalista stí-lusú, egyszerű, ujjatlan selyemruhában, melynek egyetlen dí-szítő eleme a hosszú uszálya volt. Akkorra a vendégsereg már helyet foglalt a teremben, Greg is ott állt az anyakönyvvezető előtt, s csak Loryra vártak, aki édesapja karján vonult be Kahn/ Andree/Schwandt „Dream a little dream of me" (Álmomban csak engem láss) című dalára, ami után egy pillanatra azért Mendels-sohn Nászindulóját is bejátszották. Az anyakönyvvezető meg-ható, hosszú beszédét követően az ifjú pár kölcsönösen kimond-ta a fogadalmuk utáni igent, csók helyett pedig Greg egy röpke puszit lehelt Lory ajkára. Ezután az ifjú pár aláírta a házassági anyakönyvet, majd a két tanút szólították; Lory részéről legjobb barátnőjét, Juliette Sellát, Greg részéről pedig legjobb barátját, Joseph Majert. Mindezeket követően az ifjú házasok és szüle-ik fogadták a vendégek gratulációját, amelynek végeztével a dí-szes társaság átvonult az Okura Hotelbe. Ott a vendégeket és az ifjú párt már a násznagy, Lory apjának egyik legjobb barátja,

Anthony Nice fogadta a diszkréten muzsikáló zenekarral, s helyükre kísérve rögvest megkínálta őket egy aperitiffel. Miután minden vendég megérkezett, poharköszöntőt mondott a násznagy után a két örömapa is, s azt követően felszolgálták a nem mindennapi vacsorát. A fogások között az ünnepelt pár szétválva végiglátogatta és köszöntötte egyenként a vendégeket, majd a torta megszeléséhez újból visszatértek helyükre. A pazar kilátású étteremben a táncot Lory édesapjával nyitotta meg, mivel Greg kivonta magát e felelősség alól. Ezt követően felszabadult a vendégsereg a kötöttségek alól és mindenki szabadon járt-kelt, táncolt, nevetgélve diskurált, iszogatott, eszegetett. Mindemellett Lorynak az az érzése támadt, hogy Greg kerüli őt, az viszont már fájdalmas tény volt, hogy menyasszonyi ruhájában egyszer sem kérte fel táncolni, ami így is maradt az est végéig. A vendégek elköszönését a násznagy és az örömszülők várták meg, így Lory és Greg felmehettek a hotelben számukra kibérelt lakosztályba. Greg udvariasan felkapta Loryt és átvitte őt a küszöbön, be első közös fészkükbe, de szinte rögvest megkérdezte, hogy ugye nem baj, ha a nászéjszakán nem lesz semmi köztük, mert ugye ők már túl vannak a „tűzkeresztségen", s őket amúgy sem csupán a testi vágy köti össze, mert kapcsolatuk sokkal magasabb szintű ennél. Mit mondhatott erre Lory? Természetesen elfogadta, de valahol mélyen a lelkében megbántva érezte magát, amin ekkor még felül tudott kerekedni a bizakodással egy boldog házasság iránt.

TIZEDIK FEJEZET

Kezdeti nehézségek

A nászéjszakát követő reggel sokáig pihentek és aztán eldöntötték, hogy a szobájukban elköltött reggeli után kipróbálják a szálloda úszómedencéjét. Greg, akinek ehhez nem volt elég újdonsült neje társasága, felhívta Josephet és feleségét, Andreát, valamint Lory tanúját, a szingli Julie-t is, hogy csatlakozzanak hozzájuk. Mind nagy örömmel fogadták a meghívást és pillanatok alatt az ifjú pár lakosztályában voltak, ahol átöltözhettek fürdőruháikba, köntöst öltöttek, és együtt nevetgélve felmentek a medencéhez a tetőteraszra. Jellemző volt Lory hangulatára, hogy az volt a társaság leghumorosabb pillanata, amikor Julie felfedezte, hogy Lory hajában még mindig voltak rizsszemek, s azok most a víz hatására megduzzadtak. A kellemes közös úszkálás, napozás és viccelődés közben Joseph és Andy bejelentették, hogy jövő márciusra várják második babájukat, s egyben meghívták Loryt és Greget magukhoz esti kártyapartikra, amíg a nyári vakációjuk alatt itthon lesznek.

Miután a fürdőzés után minden barát hazatért, Loryék is öszszepakoltak és kijelentkeztek a hotelből, majd hazamentek Greg szüleinek lakására, ahol még Greg nővérét és annak családját, valamint Lory szüleit is ott találták. Nagy ovációval fogadták az ifjú párt, s azonnal faggatni kezdték őket elégedettségükről mind a szertartással, mind pedig a fogadással kapcsolatban. Lory alig várta, hogy elcsendesedjen körülöttük ez a „perpatvar", s alább hagyjanak a felkorbácsolt hullámok körülöttük. Úgy tűnt, erre aztán várhatott, mert amint lett volna egy nyugodt délutánjuk vagy estéjük, Greg azonnal beszervezett valami társasági programot: kártya, úszás, hangverseny, mozi, színház, múzeum, kiállítás, ebéd, vacsora stb. Na persze a közös ezekben a programokban az volt, hogy sosem csak kettesben vettek részt rajtuk. Sőt Greg még arra is talált alkalmat, hogy Loryt magára hagyva ellátogasson köztudottan homoszexuális barátjához, Leslie Talbothoz, s órákra ott felejtse magát. Így folyt ez egész nyáron, míg el nem jött végre a visszatérés ideje Rómába. „Most végre nem tud majd kitérni a kettesben töltött idő elől, kénytelen lesz velem lenni!" – gondolta Lory, előre eltelve a férjével töltött idő boldogságával.

Rómába augusztus végén érkeztek meg, ahol a Fiumicino repülőtéren Antonio várta őket gratulációi közepette. A hivatali Audiba alig fért be a sok csomagjuk. Lory úton az intézet felé kikérdezte Antoniót a nyáron történtekről, majd pedig bemutatta Gregnek a látnivalókat, amelyek mellett elhaladtak. Greg nagyon fogékony volt a történelemre, a művészetekre és az irodalomra is, és ez különösen igazolta Lory szemében, hogy öszszeillenek. Itália felfedezését most mégis háttérbe szorította a megfelelő munka felkutatása Greg számára, és Lory visszailleszkedése az intézeti munka ritmusába. Azért a hétvégéken, amikor úgysem tudtak ezek ügyében előrelépni, el-elmentek nagy római sétákra és vidéki felfedezőtúrákra.

Az álláskeresést Greg számára megkönnyítette, hogy beszélt valamelyest olaszul is, tekintve, hogy szülei egy korábbi kiküldetése alkalmával elvégzett Tokióban egy nyelvi kurzust az Olasz Intézetben, s egy ösztöndíjat is nyert, amelynek köszönhetően egy hónapot töltött a perugiai nyári egyetemen. Persze ennek már jó néhány éve volt, de a nyelvtudást azóta is ápolta és elég jól karbantartotta. Nagy örömükre szeptember végén meg is oldódott a munka kérdése Greg számára, mégpedig jobban, mint gondolták volna: ugyanis Veltmann értesítette őket, hogy a John Cabot University előadó tanárt keres a Business Administration tanszékre, ahová Greg azonnal be is adta a jelentkezését. Még azon a héten behívták, s az elbeszélgetés végén közölték vele, hogy felvették, és hétfőtől kezdhet. Ennek otthoni megünneplésére Lory gyertyafényes vacsorát szervezett édes kettesben Greg számára, aminek meg is lett az eredménye, mert húsvét óta most először jutottak el a szerelmeskedésig, amitől Lory a mennyben járt örömében, s meg volt róla győződve, hogy átestek a holtponton, és ettől fogva már kettőjük intimitása is rendszeresebb és egyre szebb lesz.

Greg szeptember 30-ával állt munkába, ami egy hétfői nap volt. Aznap este szintén kivételes fogadtatásban volt része, mert Lory ki akarta faggatni egy otthoni vacsora mellett az új munkahelyén szerzett első benyomásairól. A vacsora jól sikerült, de nem járt olyan eredménnyel, mint azt Lory várta. Greg ugyan beszámolt a John Cabotban töltött első nap élményeiről és benyomásairól, ám kijelentette, hogy fáradt, ezért hamar visszavonult és lefeküdt. Nem volt mit tenni, Lorynak el kellett fogadnia, amit Greg már korábban többször hangoztatott: számára nem elsődleges a testi kontaktus. Ahogyan beindult a tanítás az egyetemeken is, úgy lett Greg is egyre elfoglaltabb, s így kettőjük magánéletében is egyfajta formális rutin alakult ki. A hétvégéken, amikor egyikük sem hozott haza munkát, még el-eljártak városi sétákra, múzeumokba, kiállításokra, vidéki városok felfedezésére, sőt Greg elhatározta, hogy tavasztól windsurf leckéket fog venni a tengerparti strandkomplexumuknál. Lory számára mindez azt jelentette, hogy az élet élvezete fontosabb Greg számára, mint a párkapcsolatuk intimitásának boldog élménye. Ezt csak tovább erősítette benne az a tény, hogy Greg elkezdett hódolni az otthoni konyhaművészetnek is, s ennek érdekében a receptgyűjtemények böngészése mellett tengernyi időt szentelt a megfelelő hozzávalók felkutatására és beszerzésére. Így eljártak Fiumicinóba a halpiacra, szelídgesztenyét gyűjteni a szószhoz a Castelli Romaniba, fűszereket beszerezni a Castroni boltokba, szamócázni Nemibe stb. Az új munkahellyel Greg barátokat is szerzett a kollégái személyében, s ezzel megkezdődött a római vendéglátásaik sora otthonukban. Meghívásaikat természetesen a kollégák is viszonozták, így mélyülni kezdtek a barátságok. Egyre több közös programot is szerveztek együtt velük színházba, hangversenyre, kiállításokra, filmvetítésekre, művészi előadóestekre, irodalmi estekre stb. Ráadásul Greg egyik első megmozdulása Rómában az volt, hogy beíratta magát Loryval együtt egy elegáns sporthotel, a Hotel Villa Pamphilj sportclubjába, ahová minden páratlan nap hajnalán úszni jártak, minden páros nap késő délutánján pedig az edzőterembe mentek gyúrni. Mindez milyen szép is lett volna, ha közben Lory vágyott nőnek, egy igazi szerelmespár női oldalának érezhette volna magát! Azonban még nem keseredett el, hiszen a külvilág szemében ő volt a világ legszerencsésebb asszonya, akit minden nő irigyelt. Ám egyszer az erőgépek között olyan kijelentést is tett Lorynak a férje, hogy őt kifejezetten kiszemelik maguknak a homoszexuálisok, s ezen Lory ne lepődjön majd meg a jövőben, ez épp elég kellemetlen neki magának, de már tudja kezelni az ilyen helyzeteket. Loryt ez egy cseppet sem nyugtatta meg. Azt már tudta még barátságuk korai időszakából, hogy Greget tízéves kora körül megkörnyékezte egy homoszexuális férfi egy strand zuhanyzójában, de semmi többet nem volt hajlandó elárulni erről, sem a megkörnyékezés mértékéről. Annyi bizonyos volt, hogy Greg balliberális politikai beállítottsága mögé rejtette ezt a kérdést a homoszexualitással kapcsolatban, s előszeretettel provokált konzervatívnak hitt, vagy annak tűnő személyeket, azok nyitottságának és toleranciájának hiánya miatt.

Később az is megint komoly szálkát hagyott Loryban, hogy férje november közepén őt egyedül küldte haza Amszterdamba banki és egyéb ügyek intézésére, s erre hivatkozva úgy vélte, karácsonyra csak ő egyedül megy majd haza, Loryt pedig Rómában hagyja. Na, ehhez már Lory anyjának, Helen Hennes-nek is volt hozzászólnivalója, mert amikor tudomást szerzett Greg terveiről, egyszerűen kijelentette:

– Ha ez gond nektek, akkor Lory repülőjegyét én fizetem, de mindenképpen együtt karácsonyozik velünk!

– Jó, anyuka, nem gond, megvesszük mi a jegyet, ha ez ilyen fontos – hebegte Greg.

– Még szép, hogy fontos, mit képzeltél? – zárta rövidre a beszélgetést Helen.

Így történt, hogy a közös utazások, túrák, kalandok, élmények gyarapodtak, intimitásukban viszont egyre csak távolodtak egymástól. Amikor Greg még a karácsonyi vakáció alatt sem mutatott semmiféle közeledésre szándékot, Lory úgy döntött, beszél róla férjével, mert ezt már nem lehetett elhallgatni.

– Jaj, drágám, hiszen megbeszéltük már a kapcsolatunk kezdetén, hogy a szex számunkra nem elsődleges.

– Jó, de nem is lehet utolsó! – vágta rá Lory.

– Ne aggódj, idővel majd megoldódik! Tudod, bennem túl nagy önmegtartóztatás alakult ki Japánban; gondolhatod, hogy a gésák nem voltak az eseteim, az egyetemen pedig a sok vágott szemű, visszahúzódó, erkölcsös lány szóba sem jöhetett. Ne félj semmit, bízzál bennem! – rendezte le az ügyet még sikerrel Lory szemében, aki e szavak hallatán tényleg megkönnyebbült, és szinte teljesen felszabadult.

A beszélgetésük után Lory felhatalmazva érezte magát, hogy minden eszközt bevessen párja szexuális vágyának iránta való felkeltéséhez. Megvásárolta és esténként magára öltötte a legszexisebb fehérneműit, de hiába: a fiú már csak nem is udvariasan elutasította őt. Hétvégenként a világ legromantikusabb itáliai helyeire kirándult Greggel, de még csak egy csókot vagy ölelést sem kapott. Pikniket szervezett a legfestőibb tengerparti sziklákra és borókás fövenyekre, de a magányuk ellenére férje a leterített pléden a lehető legmesszebb helyezkedett el Lorytól. Hónapok teltek így el, miközben Greg tudomást sem vett Lory szenvedéséről, s kapcsolatukat gyermeteg fantáziaalapokra helyezte. Loryt már szinte állandóan nyuszikájának szólította, magát pedig Lory mackójának tekintette, és kettőjük erős szeretetét próbálta igazolni olyan bátor kijelentésekkel, amivel olykor már-már tényleg elhitette Loryval, milyen végtelen a szeretete felesége iránt. Ilyen kinyilatkoztatása volt például, hogy ha kiderülne, hogy bármelyikük hibájából nem lehet majd gyermekük, akkor örökbe fogadnak egyet, de akkor sem hagyják el egymást. Máskor pedig egy római sétájuk alkalmával a Trevi kútnál megállva arról ábrándozott, milyen jó is lenne, ha oly törpék lennének, hogy beférnének, és így észrevétlenül beköltözhetnének a Neptun körüli szoborcsoport talapzatát képező barlangba, s ott csak ketten élnének, a világtól teljesen elszeparálva, s ő halászna Lory és gyermekeik számára. Ekkor tette Lory azt a fordulópontot jelentő felismerését, hogy Greg komoly pszichológiai traumától szenved, és valójában menekül a világtól, ami számára csak képmutatást jelent, s egyedül Lory számára engedi lehullani magáról a leplet, amely nélkül csak gyermeteg szeretetre képes. Először arra gondolt, hogy szülei korai válásának az eredménye lehet ez a fajta lelki gyengeség, hiszen apja jelenlegi, második feleségével, Gabival nem tudott igazán szeretetteljes hátteret biztosítani számára, amit édesanyja pár évvel ezelőtti halála miatt is elveszített. Lory számára úgy tűnt, nincs mit tenni, a próbálkozásai kudarcot vallottak, és a szakadék kettőjük között csak nőttön-nőtt. Persze kifelé, társadalmi kapcsolataik felé semmit sem mutattak, sőt úgy tűntek fel Lory anyáskodó gondoskodása miatt, mint a legelhivatottabb és hűségesebb szerelmespár a világon. Így érkezett el a karácsony, amit otthon töltöttek Lory szüleinél, aztán körbelátogatták Hollandia szerte rokonaikat és barátaikat, akik közül egy párral együtt is szilvettereztek azok házában. Hamar eltelt a téli vakáció, és visszatérésük után Rómában ismét folytatódott a rutinná merevedett életük. Közben Lory enyhébb módszert vett elő tarsolyából és eldöntötte, felszabadítja Greg lelkét, megpróbálja kibeszéltetni magából begyűjtött sérelmeit, fájdalmait, hátha ennek hatására fizikai gátlásaitól is megszabadul. E stratégia egyrészt tényleg közelebb hozta őket lelkileg, s így Greg elmondta, hogy perugiai tartózkodása alatt szintén eljárt edzeni egy fitneszklubba, ahonnan egy férfi barátságot színlelve felcsalta a lakására, és ő csak ott döbbent rá, hogy egy tisztességtelen szándékú homoszexuálisról van szó, mikor az egy melegpornó videót kezdett lejátszani neki. Azt sajnos nem fedte fel Lory számára, meddig hagyta elfajulni a helyzetet, de abban biztos volt, hogy mindezt nem kellemes élményként őrzi, s ez csak hozzájárult jelenlegi férfiatlanságához. Mindazonáltal a felderített múltbéli valóság nem rendítette meg Loryt szeretetében Greg iránt, amely szeretet azonban súlyosan elmozdult a sajnálat irányába, amit igyekezett nem mutatni, mert annak senki sem örül, ha csak szánalomból szeretik. Lory tehát próbálta táplálni a kapcsolatuk hajnalán köztük lobogó szerelem lángját. Greg is megtett minden tőle telhetőt: amellett, hogy igyekezett kis formaságokkal elnyerni Lory kegyeit – egy virágcsokor, vagy akár egy drágább ajándék formájában –, a tél utolsó fuvallataival bejelentette, hogy szülei meghívták őket Japánba. Veltmann is beleegyezett, hogy még a legfrissebb, Rembrandt-kiállítás ideje alatt, azaz húsvét előtt elfogadják a meghívást Tokióba. Lory tiszta szívből remélte, hogy az újabb közös kaland összehozza majd őket minden téren.

Japán

Japánban nagy örömmel fogadták őket Greg szülei. Elmondásuk szerint azt szerették volna, hogy Greg meg tudja mutatni élete párjának a helyet, ahol évekig élt. Ennek Greg különösen örült, Lory pedig készséggel hozta legjobb formáját, hogy megfeleljen Greg várakozásainak.

Mivel Greg édesapja volt a nagykövet, így egyértelműen a rezidencián kaptak szállást. Ugyanakkor megnyílt a lehetőség számukra, hogy elutazzanak Japán legszebb helyeire. Dave, Greg apja rendelkezésükre bocsátott egy autót sofőrrel, aki mindenhová elkísérte őket. Tokióban maga Dave és Gabi vitték körbe őket, megmutatva a túlzsúfolt metropolisz lüktető életét, de a rejtett parkokat és a leghíresebb éttermeket is. Kyoto volt az első vidéki kiruccanásuk, ami lenyűgözte Loryt. Mindig érzett valami vonzalmat a távolkeleti kultúrák történelme, harmóniája és bölcsessége iránt. A kirándulás a Fuji csúcsára pedig maga volt a csoda Lory számára: először a hegy tövében sétáltak egy végeláthatatlan erdőben, aminek az aljnövényzetét hortenziák képezték, amelyek még nem virágoztak, de az útikönyvükben találtak képeket a virágzásukról, s látványuk egy mesefilm földöntúli helyszínének tűnt. Fent, a havas csúcson dermesztő hideg volt, így gyorsan felvették a kabátjaikat. A kilátás az óceánra és az alattuk húzódó partszakaszra lélegzetelállító volt. Ám Lory számára igazán az tetézte a kilátás okozta gyönyört, hogy Greg megfogta a kezét és a fülébe súgta, hogy kimondhatatlanul boldog, hogy mindezt az élményt meg tudja osztani vele. Mire este hazaértek a rezidenciára, a kirándulás fáradalmainak köszönhetően már kimerültek voltak, így egy közös vacsora után

Dave-vel és Gabival gyorsan le is feküdtek, s egy csók után úgy aludtak, mint a bunda.

A következő kirándulás Akitába vezette őket, ahonnan Honjuba, majd Nikohóba mentek tovább, hogy bepillantást nyerjenek a japán nép mindennapi életébe is. Lory még soha nem evett ennyi sushit, amiről megállapította, hogy nem is olyan szörnyű, mint amilyennek a római japán étteremben találta.

Kalandjaikat egy cápavadászaton való részvétel tetézte, amit egy erre speciálisan felszerelt jacht fedélzetén éltek át. Greg nagy lelkesedéssel asszisztált a vadászaton, Lory viszont a liftező gyomrával és komoly hányingerrel küzdött a folytonos gyorsítás és leállás miatt. Alig várta, hogy szilárd talajt érjen a lába, s még miután hazaértek is imbolygott vele a világ. Az mindenesetre lenyűgözte Loryt, hogy a japán nép milyen figyelmes, készséges és segítőkész, mert még a hajón azonnal pártfogás alá vették a tengeribetegsége miatt. Az is érdekes tapasztalat volt számára, hogy a nagy páratartalom miatt milyen komolyan veszik a higiéniát. Sőt ennek kapcsán azt is megtudta, hogy a bámulatosan szép japánkertekben nagy gondot kell fordítani a növényvédelemre, pont a páratartalom miatt leselkedő és terjedő növénybetegségek elkerülésére.

Japánban való tartózkodásuk záró eseménye pedig egy szépségverseny volt, ahol Dave révén vele együtt bekerülhettek a verseny zsűrijébe. A pozíció mégsem jelentett túl kényelmes időtöltést, mert az egész verseny alatt a földön, törökülésben kucorogva kellett ülniük, ami Lory számára a japán zsűritagokkal együtt nem jelentett gondot, ám Greg és édesapja végig szenvedtek és suttogva panaszkodtak egész este.

A hazainduláskor Lory és Greg meghívták a fiú szüleit a nyáron egy hosszabb vakációra magukhoz Rómába, amivel kellemesen meglepték Dave-et és Gabit, akik nagy örömmel fogadták a szíves invitálást, s ígéretet tettek egy római látogatásra.

Újra Rómában

Épp a legjobbkor értek haza ahhoz, hogy Lory levezényelje a Rembrandt-kiállítás lebontását, és a következő, Hieronymus Bosch-festmények fogadását és installálását. Nem véletlenül választotta ezt a művészettörténeti téren is oly vitatott festőt, hiszen képeinek fő témája az emberi bűnök és gyengeségek bemutatása és ostorozása. Lory önmagát is ostorozta ezzel, mert magánéleti problémáikat Greggel saját bűneként kezdte tekinteni és kezelni, amiért ő vágyott a szerelmük testi beteljesülésére is, míg Greg számára mindez egyértelműen egyáltalán nem volt fontos. Lory ezzel is istenítette Greget, aki le tudta győzni a testi vágyat. Ezt annak ellenére gondolta így, hogy anyja és minden barátnője azt tartotta, nincs szebb, mint a házasságban, szentségként megélt szeretkezés. Kezdett morálisan teljesen összezavarodni, és ennek nyilvánvalóan ez is egy manifesztációja volt. Mindazonáltal a kiállítás nagy sikert aratott, a március 23-ai megnyitó nagyobb tömegeket vonzott ide a Rembrandt-képeknél is.

Azon a hétvégén már virágvasárnap köszöntött rájuk, s Lory elhatározta, visszatér gyermek- és fiatalkori vallásgyakorlásához, s ezt ezen a húsvéton el is kezdi. E döntését nem titkolta Greg előtt sem, aki kissé megdöbbenve és értetlenül fogadta, s mi több, hibáztatta Loryt, amiért kirándulásra alkalmas munkaszünetet így nem használhatnak ki. Az természetesen fel sem vetődött, hogy Greg is részt vegyen a Vatikán húsvéti szertartásain, mi több, elhatározta, hogy meghívja magukhoz vendégségbe Richard Beer barátját. Richard el is fogadta a váratlan meghívást, s régi sportrepülősként reptéri kapcsolatait bevetve még sikeresen szerzett jegyet a húsvét miatt teljesen teli római járatok egyikére, még a nagyhét elejére, hétfő reggelre. Greg ki is ment elé a repülőtérre, s attól fogva csak ő létezett számára, Lory csak akkor került a látószögébe, ha italt vagy ételt készített nekik.

A két barát rögvest elhatározta, hogy összekapcsolnak két számítógépet, és azon fognak stratégiai játékot játszani egymás ellen. Ezek hallatán természetesen Lory csak hüledezett és elképedt, milyen gyermetegek ezek a fiúk; főleg Richardon lepődött meg, aki ahelyett, hogy barátjával körbevezettette volna magát az Örök Város szépségei között, itt poshadt a lakásukban és számítógépen játszott. Azért nem adott hangot megvetésének férje tervei iránt, hanem egyszerűen tette a dolgát és az igényelt belépőkkel részt vett az ünnepi szertartásokon: nagycsütörtök este a San Giovanni in Lateranóban, nagypénteken a Via Crucisón, szombat este a feltámadásért tartott misén, és végül húsvét vasárnap az Urbi et Orbi-n a Szent Péter téren. A fiúk húsvét hétfőre tengerparti kiruccanást szerveztek Anzióba, ahová Loryt is magukkal vitték, s az ottani séta után beültek Lory kedvenc kis vendéglőjébe, az Osteria Anticába. Kedden Richard visszarepült Amszterdamba, s így Lory megkísérelhette „magához édesgetni" Greget, aki láthatólag szomorú volt, hogy barátja elhagyta, s ismét kettesben kell túlélnie a mindennapokat feleségével.

Közben megszületett Lory régi kedves barátnőjének, Lilly Grubernek az első gyermeke férjétől, Marco Coccótól, akivel boldog házasságban éltek az adriai Fano városában. Lory elhatározta, hogy egy hétvégére átugranak hozzájuk Greggel, babalátogatóba. Úgy vélte ugyanis, hogy egy pozitív példa a jó házasságra ösztönzően hathat férjére, s talán példát vesz róla. Greg bele is egyezett a kiruccanásba a hétvégére és együtt meg is vették az ajándékokat a kis Claudiónak és szüleinek. Pénteken délben indultak, s így délután négykor értek az autópálya végéhez, ami egyenesen Fanóba vezetett, a régi Salaria út mentén. Greg egész úton arról filozofált, milyen is egy gyermek születésének élménye mind a gyermek, mind a szülők számára.

Megállapította, hogy szerinte minden férfi titkos vágya, hogy visszakerüljön az anyaméh idilli védelmébe. Így jutott arra a pontra, hogy megkérdezze Loryt, sőt inkább csak tájékoztassa őt arról, hogy ő márpedig most, az adódó alkalommal kér Lilly anyatejéből, mert már elfelejtette, milyen ízű, és nagyon vágyik rá. Lory e szavak hallatán úgy érezte, leforrázták. Még azt örömmel is vette volna, ha az ő, de csakis az ő anyatejére vágyna férje, de most rá kellett döbbennie, hogy ő nem egyedi és különleges Greg számára, csak egy nő a sok közül. Aztán eszébe jutott ennek az Adria-parti mezzadria vidéknek a vallásossága és erkölcsi magaslata, s bevillant számára, mekkora diplomáciai konfliktust és egyértelmű szakítást váltana ki a barátságukban Lillyvel egy ilyen furcsa, tiszteletlen, sőt mondjuk ki, perverz kérés. Marco, Lilly férje páros lábbal rúgná ki Greget a házukból, és elkerülhetetlenül Lory is megszégyenülne és megvetés tárgya lenne, amiért egy ilyen alakot megtűr maga mellett, ezért rövid töprengés után rávágta:

– Greg, ha ezt megkérdezed, én elválok tőled. Jól vésd az eszedbe, amit mondtam, mert véresen komolyan gondolom.

– Na, de... jó, ahogy akarod. Nem tudtam, hogy ez neked ilyen kellemetlen.

– Mi az, hogy. Erről nem vagyok hajlandó több szót ejteni.

Megállapodásuk következtében jól sikerült a hétvége babalátogatóban. A kis Claudio tüneményes volt, Lory és Lilly boldogan trécseltek és vitatták meg dolgaikat, míg Marco elvitte Greget teniszezni, s Lory örömére jól el is verte benne. Vasárnap egy közös éttermi ebéd után indultak vissza Rómába, s az úton meglehetősen szűk és felszínes beszélgetésre korlátozódott a kontaktus közöttük. Lory szinte nem is fogta fel zsaroló szavai keménységét és foganatját, különösen pedig azok hatását házassága jövőjére. Most kezdte csak világosan látni, mibe kényszerítette bele őt Greg, s azt, hogy igenis neki van igaza, s ezért mostantól ki kell állnia, és harcolnia kell Greggel szemben. Az is egyértelművé vált számára, hogy azzal, hogy Greg e szavak kimondására kényszerítette, valamit megszakított benne: mégpedig az őszinte, önzetlen és odaadó igaz szerelem szálát. Mikor hazaértek, némán pakolták be holmijukat a lakásba, majd Greg fogta magát és leült a számítógép elé játszani, majd mintha mi sem történt volna, megkérdezte Loryt, mikor és mit vacsoráznak.

Hazatérés nyárra

A következő napok is bizonyították, hogy Greg csak a pillanat-
nak él, azonban kimondott szavait már a következő pillanatban
el is felejti. Ez a tény viszont jelentősen megkönnyítette Lory
helyzetét, mert Greg nem szívta mellre a Fanóban történteket,
s ugyanolyan vehemensen tervezte a következő útjukat, mint
azelőtt. Most a következő kiruccanásukat Greg tanújának, Jo-
sephnek, és nejének, Andreának újszülött kisfia meglátogatása
miatt kellett beiktatniuk még a nyár előtt. Azonban mivel Velt-
mann csak június végétől engedte el Loryt, így 28-i hazatérésük
után 29-én, szombaton máris babalátogatóba mentek, most Jo-
sephékhez. Náluk igazán otthon érezhették és érezték is magu-
kat, hiszen jóval a házasságukat megelőző időkbe nyúlt vissza
barátságuk, együtt kártyáztak és beszélgettek, nevetgéltek át
sok hosszú éjszakát. Andrea rögtön frissítővel kínálta őket és
bemutatták nekik a kis Christophert, akit megcsodáltak és jól
kigyönyörködték benne magukat, s épp visszaültek a szalonban
a kanapéra, amikor Greg megszólalt:

– Joseph és Andy, kérhetek Andy anyatejéből? Úgy megkós-
tolnám.

Megfagyott a levegő, Lory pedig úgy érezte, hideg zuhanyt
kapott, amit csak Joseph higgadtsága mentett meg, aki – miu-
tán egy röpke pillantást vetett Loryra, s látta annak rezdülés-
telen arcát – beleegyezett a fura kérésbe.

– Miért is ne? Anyukám, hozzál neki kóstolót! – szólt oda
nejének Joseph töretlen nyugalommal.

– Van is még a lefejtből. – S Andy már hozta is a Greg által
áhított nedűt, aki azt nyomban meg is húzta.

– Na, milyen? – érdeklődött Joseph. – Erre számítottál?

– Jó, de nagyon tömény.

Ekkor Lory felállt és elment Andyval megfürdetni a kis Christophert. Az est folyamán már senki nem hozta fel ezt a témát, de Lory tudta, most az a bizonyos szál végérvényesen megszakadt közte és Greg között, ugyanakkor a válás gondolata is megrémítette. Válni máris, mikor épp most házasodtak össze? Ez aztán abszurd lenne, és a családjában botrányosnak számítana: őt hibáztatnák a szülei – a bátyja biztosan megértené –, hogy nem tett meg mindent a házassága megmentéséért, s valljuk be, talán így is van – folytatta a gondolatmenetet magában morfondírozva. Andy megérezte Lory feszültségét, s valószínűleg együtt is érzett vele, mert nem nagyon beszéltette, inkább a kis Chrishez beszélgetett.

Hazafelé az autóban alig szóltak egymáshoz Greggel. Loryban végig az a kétely csapongott, vajon az lenne-e a jó, ha szóbahozná és kiborítaná a sérelmeit, vagy ha elhallgatja, és megpróbálja túltenni magát az egészen. Végül ez utóbbi mellett döntött, mivel Greg egyértelműen nem volt tisztában azzal, hogy a Fanóban kapott ultimátum más nők anyatejére is érvényes volt Lory szemében. Így némán ülve utaztak az autóban hazáig. Otthon pedig Greg úgy viselkedett, mintha mi sem történt volna. Lory viszont nem tudott másra gondolni, csak arra, hogy összedőlt az álomvára: ő nem egyetlen, egyedüli asszonya, az igazi párja Gregnek, mint ahogyan azt a legutóbbi események előtt oly boldogítóan képzelhette. Greg az elkövetkező napokban is természetes és vidám volt Loryval, s együtt ment vele a konditerembe, pizzázni a barátokkal, s még vásárolni is elkísérte Loryt. Aztán előállt meglepő javaslatával, mégpedig, hogy menjenek együtt Leslie barátjukkal annak rokonai Kanári-szigeteki apartmanjaikba nyaralni egy hónapra. Greg annyira belelovalta magát ebbe a tervbe, hogy Lory számára tulajdonképpen választást sem hagyott, így a lány – még mindig bizakodva szerelmükben – belement az ötletbe. Remélte, hogy egy ilyen egzotikus helyen a romantika is besegít intimitásuk felpezsdítésbe.

Greg mindent megbeszélt Leslie-vel, s azzal elkezdődött a nagy készülődés: shopping, útikönyvek beszerzése, s a védőoltás, mivel a Kanári-szigetek afrikai területnek számít. Mint kiderült számukra, ez a nyaralóhely sokak számára felkapott célállomásnak bizonyult, mert külön charter repülőjáratot indított a KLM Tenerifére. Ráadásul a repülőt jól telerakták székekkel, így alig volt hely a sorok között a lábaiknak, ráadásul a gépen rettentő volt a hőség is. Azért hősiesen viselték – gyakran a mosdóban felfrissülve – az utat, de már nem maradt nagy kedvük viccelődni.

Tenerife

Valamivel éjfél előtt értek földet Tenerife egyetlen, Los Rodeos nevű repülőterén, Santa Cruz de Tenerife városa mellett. Ott taxit fogtak, és több mint száz kilométert utaztak délre, Playa de las Americas városkába, ahol a hotelben már várták őket a számukra lefoglalt két apartman kulcsaival. Greg Loryval egy hatodik emeleti lakosztályt, míg Leslie egy ugyanolyan elrendezésű, tizedik emeletit kapott, mivel a rokonainak ezek voltak a tulajdonában. Éjjel lévén már nem törődtek semmivel, csak egy gyors zuhanyt vettek, s már mentek is aludni.

Másnap reggel a hotelben megreggeliztek, utána pedig kipakolták holmijukat, majd ezt követően kibéreltek két napernyőt és három napozóágyat az óceán partján, s ott pihenték ki az utazás fáradalmait. Délben még szintén a hotelben ebédeltek, de délután elmentek egy szupermarketbe bevásárolni, hogy saját háztartást vezethessenek lakosztályaikban a nyaralás alatt. Ennek köszönhetően a vacsorát már együtt készítették és fogyasztották el a tizedik emeleti lakosztály lélegzetelállító panorámájú erkélyén. Este pedig megkezdődött a helyi bulizós élet számukra is, így lementek sangriát iszogatni, és sétálni a mesés óceánparti sétányra. Egy idő után Leslie-t elengedték, hogy kiélhesse éjszakai kapcsolatteremtő kalandvágyát, Lory pedig Greggel sétálgatott tovább a szebbnél szebb medencés hotelek mentén, a végeláthatatlan sétányon. A romantikus pillanatot és környezetet kihasználva Lory próbált odahúzódni Greg oldalához, de a fiú elhúzódott s még Lory kezét sem fogta meg, csak mentek egymás mellett, mint két jó barát. A következő napokon is hasonlóan töltötték idejüket, de már elkezdték tervezgetni kirándulásaikat. Greg elvitte Loryt ruhákat vásárolni, aztán egy hatalmas parfümériában kötöttek ki, ahol kiválasztották és beszerezték maguknak a legjobban tetsző illatokat. Ilyenkor Lory számára mindig felcsillant a remény, hogy Greg tényleg szereti őt, s mindenkinél jobban, csakis őt. A shopping után ezt az érzést csak megerősítette, hogy Greg félév után csókolni és szeretni kezdte Loryt, így okozva fergeteges boldogságot a lánynak. Estig ki sem keltek az ágyból, amikor is megfőzték a vacsorát s felvitték Leslie-hez a közös étkezésre. Leslie kifinomult szexuális érzékenységét nem titkolva húzni kezdte őket, miszerint érzi, hogy szeretkeztek. Lory elpirult, Greg viszont szinte kérkedve visszavágott, hogy és ha igen, ne foglalkozzon vele, mert nem Leslie dolga.

Másnap elhatározták, hogy beüzemelik Leslie rokonainak a horgászáshoz használt autóját. Ez egy ősrégi, kimustrált fiat 1000-es volt, aminek a fényezése teljesen elmattult a sok rajta pihenő macska vizeletétől, ezért hárman gumikesztyűben, egy-egy fertőtlenítő sprayvel és szivaccsal felfegyverkezve kitakarították az autót. Amikor végeztek, már dél volt, így gyorsan felmentek ebédet készíteni, majd pedig lementek a hotel medencéjéhez pihenni, mert már az óceánpart is túl messzinek számított a fáradtságukhoz mérve. Mindenesetre már volt egy autójuk, amivel a következő napokban elindulhattak felfedezni Tenerife szigetét. Először a Teide 3718 méter magas csúcsához mentek, s gyönyörködtek a tájban és az egyedülálló flórában. Az azt követő napon pedig egy ökoparkba látogattak el, ami aránylag nagy területen fekvő, egzotikus állatokat és növényeket bemutató, szórakoztató előadásokat is nyújtó park volt. Itt véletlenül benn ragadtak a sziesztaidejére, déltől délután fél ötig. Senki nem vette észre őket, mert a park egyik távoli sarkában, a kaktuszligetben bóklásztak. A tikkasztó hőség és a tűző nap teljesen kivette erejüket, s már alig lézengtek a szomjúságtól, mikor a kaktusztelepből kiértek egy szafaris tisztásra, ahol egy elhagyott bárt találtak. Greg azonnal beugrott csaposnak és kólát töltött maguknak, amit mindhárman azonnal mohón megittak. Ezután rátaláltak a kijárat felé vezető ösvényre, amely mentén különböző ketrecbe zárt egzotikus állatokat csodálhattak meg. A kijáratnál igyekeztek elvegyülni a befelé áramló tömegben, s azon átvágva kijutni, ami sikerült is nekik. Hazaérve, vacsorakészítés közben már nevetgélve gondoltak vissza a nagy kalandra és az embert próbáló szomjúságra a tűző napon, amit kibírtak. Úgy elfáradtak, hogy ezen az estén Lory és Greg nem csatlakozott Leslie éjszakai portyájához, aki ki nem hagyott volna egy estét sem az ismerkedésből és flörtölésből.

Miután pár nap strandolós hétvégével kipihenték a fáradalmaikat, újabb kirándulást terveztek: ezúttal a sziget északi oldalát mentek felfedezni. Először elmentek Icod de Los Vinosba az ezeréves fát megnézni, és megcsodálni a guanchik, azaz az eredeti őshonos lakosság lakhelyeit, továbbá a banánültetvényeket és a hegyvidéki kilátást az óceánra. Délután visszafelé haladva megálltak és strandoltak egyet Puerto de la Cruzban, majd meglátogattak egy hatalmas állatkertet Lago Martianezben. Már estefelé volt, mikor hazaindultak, s úgy 40 kilométerre Santa Cruz de Tenerifétől délre leállt az autójuk az autópálya kellős közepén. Sötét volt már, s a településektől távol kivilágítatlan volt az autópálya azon szakasza. Szerencséjükre épp mellettük, a külső sáv mentén egy kis kiugrót találtak egy drótkerítés előtt, ahová be tudták tolni az autót a forgalom elől, majd gondolkodni kezdtek, mitévők is legyenek. Arra jutottak, hogy a sávelválasztó leanderrel beültetett ösvényen visszagyalogolnak Santa Cruzba. A hosszú erőltetett menetre szerencséjükre nem került sor, mert olyan egyórányi bandukolás után feltűnt egy számukra menedéket jelentő autós pihenő, ahol miután ittak és ettek valamit, kihívtak egy taxit, s azzal bevitették magukat a városközpontba, ahol még remélték, hogy találnak szállást. Sikerrel is jártak: egy központi hotelben még kiadtak nekik egy háromágyas szobát. Másnap, miután kijelentkeztek a hotelből, elmentek egy kávézóba reggelizni, s utána a fiúk kívánságára megnézték a várost, s csak azután fogtak taxit, s vitették ki magukat az elhagyott autóhoz, amihez szintén a taxis segítségével egy szerelőt is találtak. Ám amikor kiértek a helyszínre, rá kellett döbbenniük, hogy egy VÁM szabadterület kapuja volt, ahová letolták az autót, aminek dolgozói nagyon bosszúsan fogadták őket, s többszázezer pesetás bírságot akartak kiszabni rájuk, amiért vontatóval kellett kiszabadítaniuk reggel a bejáratukat. Na, ekkor Lory nem bírta magát tovább türtőztetni, s felpaprikázott olasz asszonyság módjára kitört és kiosztotta a vámhatóság személyzetét, kifejtve, hogy önhibájukon kívül állt le az autó, s nem is tudták a sötétben, hogy egy kapuba tolták be, mert örültek, hogy nem akadályozzák az autópálya forgalmát, s még azután mennyit gyalogoltak és fáradtak az éjszaka kellős közepén. Ez a monológ olyan hatást tett a hivatalnokokra, hogy azonnal elengedték a bírságot és segítettek újra beindítani az autót, ami sikerült is, így nyugodtan folytathatták az útjukat hazafelé. Kezdetben némán utaztak, mert a fiúk, megszégyenülve Lory kitörő sikerétől, szóhoz sem jutottak, ám olyan ötven kilométer után lassan elkezdték megtörni a csendet Lory dicséretével, és így fokozatosan feloldották a feszült hangulatot. Otthon azonnal a zuhany alá vetették magukat, majd egy késői ebédet tartottak, aztán pedig lementek sétálni és koktélozni a partra. Mindeközben jólesett mindhármuknak most már oldottan visszaidézni és megmosolyogni a kirándulás alatt történteket. Úgy döntöttek, vacsorára is lent maradnak a parton, így egy népszerű étterembe tértek be, ami előtt egy egyértelműen leszbikus portrérajzoló művész üldögélt, s látszólag szemet vetett Loryra, aki gyors léptekkel bemenekült az étterembe, a viccelődő fiúk után. A vacsora finom volt, és a szokásos magasröptű beszélgetés közben fogyasztották el, kielemezve társadalmi szempontból a Kanári-szigetek életét. Azért Greg nem állta meg, hogy megcsipkedje a kicsapongó életet folytató Leslie-t, s közben Loryhoz fordult, az asztalon magához húzva megfogta a kezét és kijelentette, hogy kimondhatatlanul boldog, hogy Lory az ő párja. Lory egészen beleremegett az elérzékenyülésbe, s elöntötte a lelkiismeret-furdalás korábbi gyanakvása miatt. Most úgy érezte, minden nehézséget kibír még szíve választottja mellett. Vacsora után Leslie elnézést kérve még belevetette magát az éjszakai bohéméletbe, Greg és Lory pedig hazasétáltak. Lory most különösen vágyott volna rá, hogy Greg azok után, amit vacsoránál mondott, legalább a vállán áttegye a kezét séta közben, mint a megannyi sétáló fiatal és idős pár, de ezt sajnos most sem kapta meg párjától. Ennek ellenére Loryt még mindig mély gyengédséggel és szeretettel töltötte el Greg kijelentése, így elhatározta, hogy nem sürgeti férjét semmiben.

A másnap Lory döntését látszott igazolni, mert Greg különös figyelmességgel vette körül a lányt, szebbnél szebb helyeken fotózta őt, és az óceánparton mindenféle extrém sportba bevonta: voltak parasailingezni és jetskizni a nyílt óceánon. A napok lassan rendszeres programúvá alakultak, amit csak egyegy bevásárlás és fagyizás, vagy esti koktélozás és séta tarkított. Már az utolsó hetüket kezdték meg a szigeten, amikor az egyik nap sziesztaidőben, amikor a forróság elől a hálószobában hűsöltek és olvasgattak, Greg odaszólt Lorynak, hogy csak pihenjen, de ő felmegy Leslie-hez beszélgetni. Lory mosolyogva bólogatott, majd egy félóra eltelte után úgy döntött, csatlakozik a társasághoz, s felmegy Leslie lakosztályába, ami ugyanolyan elrendezésű volt, mint az övék: egy hosszú, sötét folyosóról jobbra nyílt először a hálószoba, majd utána a fürdőszoba, míg a folyosó az amerikai konyhás nappaliba torkollott, ami a végén a panorámás erkélyre nyílt. Lory épp hogy csak belépett Leslie-hez és megtette az első néhány lépést a szürke folyosón, amikor arra lett figyelmes, hogy nem hall beszélgetést, s senkit sem lát a folyosó végén sem a szalonban, sem pedig az erkélyen, ahol mindig üldögéltek. Ekkor furcsa gondolatok öntötték el az agyát, melyek hatására földbe gyökerezett a lába: mi van, ha a fiúk között tényleg több van, mint barátság? Sőt mi van, ha leleplezi őket, in flagranti érve őket? Azt tudta, hogy Greg a szülei előtt nagyon macsó képet igyekezett fenntartani magáról, miközben gyermekkorából lányos kisfiúnak tartotta őt mindenki. Lory csak állt mozdulatlanul a folyosón a hálószoba bejárata előtt s arra jutott, hogy ez a két fiú bármit megtehet vele, ha nem akarják, hogy felfedje az igazságot: gyakorlatilag kinyomozhatatlan lenne egy Loryt „véletlenül" ért baleset. Végül előjött túlélőösztöne: sarkon fordult és olyan halkan, ahogy bejött, távozott és visszatért saját lakosztályukba, ahol keserves sírás vett erőt rajta. Tudta ő jól, miért sír: minden bizalom öszszetört benne Greg iránt, s már az is mindegy volt, hogy valóban történt-e a fiúk között valami komolyabb, vagy sem, már nem tudott hinni férjének. Zokogását alig tudta abbahagyni, s vadul csapongtak benne a gondolatok, melyek között elsősorban az önvádlók kerültek fölénybe, amiért elveszítette bizalmát férjében. Ugyanakkor azt is tudta, hogy ez egy önkéntelenül kialakult mindent elsöprő érzés, s már semmi sem lesz olyan, mint ezelőtt volt. Ekkor eldőlt, hogy a hátralévő időt megjátszással kell töltenie, s semmiképpen sem szabad jelét mutatnia gyanakvásnak. A nyílt számonkérés így szóba sem jöhetett a két fiú részéről rá leselkedő fizikai veszély miatt. Egy jó óra elteltével lassan megnyugodott, és a kiagyalt terve megvalósításával kezdett foglalkozni, melynek első lépése az volt, hogy eltüntesse magáról a sírás nyomait. Miután sikeresen regenerálódott, mit sem sejtő örömmel fogadta a megérkező férjét, aki feldobott hangulatban invitálta őt vacsorakészítésre. Sőt beszámolt róla, hogy ez alkalommal náluk is fogyasztják majd el azt, s így Leslie jön le hozzájuk. Tepsiben sült kacsát készítettek mellette sült burgonyával. Ám amikor Greg begyújtani készült a sütőt, túl sok gázt engedett ki, és a begyújtáskor a sütő szinte berobbant. Hatalmas lángcsóva csapott ki, és Greg minden elülső szőrzetét leégette. A tüzet ugyan gyorsan eloltották, de Greg szerencsés szőrtelenítésén már nem tudtak változtatni, s pár percre rá már csak nevetés maradt az ijedelemből. Azt azért mind bizonyosan tudták, hogy Gregnek óriási szerencséje volt, hogy a bőrét nem égette meg a kicsapó láng. Ez volt gyakorlatilag a búcsúvacsorájuk Tenerifén, s egyben az utolsó közös kalandjuk, mert a rákövetkező napokban már csak a pakolással, a rendrakással foglalkoztak, és néha még strandoltak egy-két órát. A hazaút már problémamentes volt, így látszólag mind kipihenten és élményekkel telve adták át magukat hazafelé a repülőút szépségeinek.

A nyár folytatódik

Hazaérkezésük után, gyorsan akklimatizálódniuk kellett, mert egy újabb fontos otthoni kötelezettségüknek kellett eleget tenniük, mégpedig Gregnek egyik legkedvesebb barátja, Richard Beer esküvői tanúját kellett alakítania. Az eseményre augusztus 31-én, szombaton került sor a városi Polgármesteri Hivatalban, majd azt követően a fogadáson, egy magánház kertjében. Minden remekül le is zajlott, csupán egy hiányosság maradt élesen fájdalmas Lory számára: Greg ez alkalommal sem táncolt vele egyszer sem. Még akkor is fájó volt ez az érzés, ha már lemondott a kapcsolatukról és csupán az időzítésre várt, hogy kimondja: elválnak útjaik. A megjátszásba azonban olyannyira beletanult, ahhoz teljesen hozzászokva az eltelt hetek alatt, hogy nehezére esett volna előrukkolni a valósággal, és most utólag, már az itthon védelmében kitálalni a Tenerifén tapasztaltakról. Úgy döntött hát, nem rontja el a család nyarát, hanem majd ha kettesben lesz Greggel Rómában, mindent elővesz és megbeszél vele. Addig azonban még sok esemény várt rájuk, ugyanis Greg kitalálta, hogy barátjának nászajándékba egy négyhetes olaszországi nyaralást ajándékoz.

Richard és ifjú hitvese, Christine csak szeptember második hetében indultak nászútjukra, miután Greg és Lory visszatértek Rómába, majd onnan még szabadságot kérve Calabriában, a Torre di Albidone várhotel-komplexumban találkoztak a tervek szerint Richardékkal, s töltötték ott együtt az első hetet. A második hétre Loryék magukra hagyták a nászutas párt s visszatértek Rómába, hogy ott ne essenek ki nagyon a munkából, majd a második hetet követő újabb két hétre egy négyágyas

apartmant béreltek ki Richardéknak Gaeta óvárosában, két ut-
cára a kikötőtől. Ide már csak hétvégenként látogattak le, és
együtt strandoltak barátaikkal. Az már az utolsó utáni csepp
volt a pohárban Lory számára, mikor Greg Calabriában egy
utolsó próbálkozásként, vagy ha úgy tetszik, x-edik önigazo-
lásképpen kinyilvánított esti gyengéd közeledését otromba
módon visszautasította. Akkor már minden végképp eldőlt Lo-
ryban. Azért még jó pofát vágott minden programhoz és meg-
játszotta a harmonikus párkapcsolatot férjével, aki legnagyobb
meglepetésére semmit sem érzett az egészből, pedig Lory lelke
felkorbácsolt hullámokban háborgott. Amikor aztán Sibari mel-
lett egy víziparkban Greg gyermeteg módon viselkedett barát-
jával, Richarddal, Lory odaszólt Christine-nek egy búcsúszót,
és megkérte, majd hozzák haza a hotelbe Greget, mert ő elvi-
szi az autójukat, s azzal elviharzott a kijárat felé. Ám a meglepő
hír gyorsan eljutott Greghez, aki azonnal Lory után rohant, és
kedvében járva javasolta, hogy ne menjen haza, hanem inkább
jöjjön vele várost nézni kettesben, valamelyik kis kedves helyi
kisvárosba. Így Lory kötélnek állt, és előbb Sibari szépségeit,
majd Cerchiarát fedezték fel és járták be együtt hűvös, de nyu-
godt hangulatban. A megdöbbentő Lory számára az volt, hogy
Greg semmi rosszra nem gondolt, számára ez így volt jó, ahogy
volt: rendelkezett egy álca-feleséggel, akivel a külvilág felé le-
védte magát, s volt egy férfi szeretője, akivel titokban, mégis
nyílt barátsággal leplezve azt, könnyedén összeszűrhette a le-
vet. Csak most, az utóbbi időben értette meg Lory, mire célzott
Greg, mikor pár hónapja azt mondta neki, hogy ha gyermekük
lesz, ne hagyják őt sosem kettesben Leslie-vel, mert ő nem bí-
zik benne. Persze, hogy nem bízott Leslie erkölcsösségében és
jó szándékában, hiszen őt magát, Greget is megrontotta vagy
elcsábította. Ez aztán már mindennek a teteje volt Lory szemé-
ben: nem volt elég az ő szenvedése a mellőzöttség miatt, s mert
úgy tűnt, a férfiakra is féltékenynek kellene lennie, nem csak
a csapodár, csábító nőkre, de ráadásul a gyermekeiket is veszé-
lyeztetik majd férje barátai. Mindezen meggyőződések férjéről
ahhoz vezettek, hogy már egyáltalán nem vágyott gyermekre

tőle, sőt rémálmot jelentett volna számára egy közös gyermek. Richard és Christine nászútján azért még mindig tartotta magát és megjátszotta, hogy minden rendben van. Ment együtt a kis csapattal strandolni, fagyizni, vacsorázni, este pedig a gyertyafényes tetőteraszon élvezte a meseszép tengerparti hangulatot. Aztán a hétvége után visszatértek Rómába, ahol Lory feltöltődhetett igaz és valós életéből, a munkájából, mert már csak az maradt neki kapaszkodónak. Minden egyéb harc volt a túlélésért – néha a szó szoros értelmében. A második hétvégén például, amit Gaetában töltöttek, Greg és Richard kibéreltek egy motorcsónakot és kivitték a lányokat a Szirének öbléből a part mentén a nyílt tengerre, s onnan közelítették meg az egyik létező legszebb természeti jelenséget az Ördög Kútjának nevezett kürtőt, aminek a sziklás hegy belsejében volt a kivájt ürege, melynek felfelé volt egy kerek nyílása, valamint oldalt, a tenger felől egy bejárata. Innen próbálták megközelíteni ők is, de látva a nyílás méretét a bejáratnál lehorgonyoztak és úszva mentek be a barlangba. Bent csodásan pont fentről tűzött be a nap a kútba, s világította meg benne a vizet egészen az aljáig, ami sima homokkal borított volt. Nem is tűnt mélynek, hiszen oly átlátszó volt a víz, hogy úgy tűnt, mintha csak egy karnyújtásnyira lett volna a feneke. Richard elejtette búvárszemüvegét, ami teljesen lesüllyedt az aljára, ám amikor Richard utána bukott, alig érte el a négy és fél öt méter mélyen fekvő szemüveget, s mikor felhozta, a dobhártyáját szinte beszakadva érezte:

– Na, többe kerül majd a fülem műtétje, mint maga a szemüveg! – bosszankodott joggal butaságán.

Ez aztán még nem volt elég a fiúk számára, hanem nekik ki kellett próbálni, milyen érzés, ha valakit motorcsónakhoz kötve a vízben húznak. Ahhoz, hogy ezt kipróbálják, a lányokat kitették a vízbe az Ördög kútja előtt, ők pedig egymás után kikötötték magukat egy hosszú kötéllel a csónakhoz, s egymást vontatták hosszan a nyílt vízen. Ezalatt Lory kénytelen volt Christine-t biztatni és nyugtatni, mert az egyrészt elkezdett félni a létező lehetséges cápáktól, másrészt pedig a közeli sziklákról visszacsapódó hullámok megzavarták légzését, amik így elnyomták tüdejét, s már nem tudott nyugodtan lélegezni. Már épp ki akart mászni a sziklás oldalon, mikor visszaértek a fiúk, akiket jól le is teremtettek, amiért ilyen felelőtlenül kitették őket a vízbe, csak hogy szórakozzanak.

A gaetai nyaralás után Greg még egy hétre meghívta Richardot és Christinet Lory római szolgálati lakásába. Itt azonban nem az Örök Város látogatása volt a legfőbb attrakció számukra, hanem a két fiú azon fáradozott, hogy két számítógépet össze tudjanak kötni úgy, hogy azokon egymás ellen játszhassanak stratégiai játékot. Eközben Lory bőszen vasalt, Christine pedig filmeket nézett a DVD-lejátszón, s még azt sem bánta, hogy azok olasz nyelvű filmek voltak. Egyszer csak Greg beköszönt hozzájuk s bejelentette, elmennek a Cola di Rienzo útra egy informatikai boltba, mert hiányzik egy kábel a gépek összekötéséhez, s azzal el is ment. Egy jó óra múlva azonban kimerülten lihegve toppant be a lakásba, s szépen kérte Loryt, menjen vele, mert nagy baj van; karamboloztak, és csak ő tud segíteni a rendőrökkel való tárgyalásnál. Mint kiderült, először Richard autójával mentek a Cola di Rienzóra, ami ott lerobbant, ezért visszajöttek Lory autójáért és azzal elkezdték hazavontatni, ám nem messze az intézettől, a Piazzale Villa Giulián egy motoros nem vette észre a vontatókötelet s a két autó között akart átvágni, ám a kötélben fennakadt, a motor leblokkolt, a vezetője pedig elszállt. Hála istennek nem sérült meg komolyabban, de nem akarta elismerni felelősségét az ügyben. Gregék helyzetét viszont az rontotta, hogy Olaszországban tilos lágy kötéllel vontatni, ugyanis csak a merev vontatót engedi meg a helyi KRESZ. A rendőrök végül Lory diplomáciai státuszából fakadó hathatós segítségének köszönhetően a bírságot fele-fele arányban osztották el, és segítettek a lerobbant autót egy közeli szerelőműhelybe vontatni. Mindezek a gyermeteg szórakozásból fakadó konfliktusok, amik Greg miatt kialakultak, Loryt abban erősítették meg, hogy semmiképpen sem köthetik össze életüket, mert nem lehetnek boldogok együtt. Lory már nem hogy nem volt boldog, de torkaszakadtából tudott volna sikítani, vagy napokig zokogni csalódottságában. Ráadásul mindezt az érzelmi mélypontját Greg észre sem vette, s ugyanúgy viccelődött, nevetgélt vagy zsörtölődött és élte életét, mint ahogy a kapcsolatuk kezdetén tette. Richard autója gyorsan elkészült, s a hátralévő napokban már nem erőltették a fiúk a computerek összekapcsolását és a játékot, hanem szépen elismerve Lory vezéregyéniségét, követték őt a lenyűgöző történelmi műemlékekhez, és figyelmesen hallgatták az azokról szóló információkat. A búcsú napján hajnali háromkor keltek, s Lory az autójával Richardék előtt haladva kivezette őket a városból, egészen a hazafelé vezető autópályáig.

Ezzel azonban még korántsem ért véget a nyaraltató tevékenységük, mert ezután egy hét szünettel Greg szüleit várták, akik számára részletes és aktív programot dolgoztak ki Greg kezdeményezésére. Dave és Gabrielle repülőn érkeztek, Greg hozta be őket a városba, s ott, náluk, Lory lakásán szállásolták el őket. Eredeti végzettségük szerint mindketten történészek és nyelvészek voltak, így már maga a római tartózkodás lehetősége lenyűgözte őket. Nem is beszélve a Greg által ismertetett programról, amiben szerepelt Róma történelmi központján és múzeumain kívül Tivoliban a Villa Adriana és a Villa d'Este, majd egyik este Sutriban az etruszk amfiteátrumban egy esti koncert. Egy másik este a Teatro di Marcello mellett szervezett koncert; Anzio, Nettuno, Tarquinia, Cerveteri, Fumone stb. Aztán egyik nap Gaetában szerveztek városnézést, ebédet a kikötő egyik legjobb éttermében, majd kibéreltek egy motorcsónakot, amivel végigmentek a gyönyörű sziklás partszakasz mellett, s egy kis, zárt öbölben megálltak fürdőzni. Lory és Greg azonnal beugrott a kristálytiszta vízbe, majd Gaby is követte őket. Lory imádta a vizet és önfeledten bámulta a tengeralatti világot, a lágyan fodrozódó hullámok által mintázott, finoman barázdált homokot, s a fölöttük rajokban úszkáló halakat. Azonban amikor végre ismét kitekintett a csónakjuk felé, már csak azt látta, hogy családja többi tagja a csónakban ül, és az ugyan hátrafelé haladva, de folyamatosan távolodik tőle, majd eltűnik az öböl déli oldalát lezáró sziklák mögött. Hirtelen azt az elhagyatottság-érzést érezte, mint egy gazdája által kegyetlenül utcára kitett, magára hagyott kutya. Pánikszerűen kiabált, de a motor hangja miatt a csónakban ülők nem hallhatták, majd pedig végleg eltűntek Lory látószögéből. Lory ekkor kétségbeesésében kiment a partra, ahová két villa kertkapuja nyílt csupán, mert több épület el sem fért volna a keskeny öbölben. Csurom vizesen, egy szál fürdőruhában valamint úszószemüvegével a kezében lekuporodott a forró homokra és sírva fakadt. Fogalma sem volt, miért akart megszabadulni tőle a családja. Kis idővel később egy napbarnított, szikár, idős férfi ment oda Loryhoz s megkérdezte tőle:

– Kisasszony, mi történt, segíthetek valamiben?

– Jaj, köszönöm, de nem is tudom – dadogta Lory szégyenkezve, hogy olyan családja van, amely otthagyta őt egy szó nélkül a semmi közepén. Végül azért mégis kihúzta belőle a férfi a helyzetet, ami elég egyértelműnek tűnt komolyabb magyarázat nélkül is.

– Kisasszony, engedje meg, hogy bemutatkozzam! Tiziano Ferretti a nevem, és állok rendelkezésére a házammal, autómmal, amíg csak kegyed szükségét érzi.

– Köszönöm szépen, ön annyira kedves! Igazán megható – mondta Lory elcsukló hangon az önzetlen segítőkészség láttán, s hagyta magát felhúzni kucorgásából. Ám mikor épp elindultak volna Ferretti villájának hátsó kapujához, az öbölben felbukkant Lory családja a motorcsónakon, s Greg vadul kiabálta Lory nevét.

– A férjem és a szülei – mondta Lory fásult hangon.

– Remélem, nem megy vissza hozzájuk, asszonyom! – hördült fel mérgesen Ferretti. – Nem érdemlik meg önt!

– Muszáj visszamennem, nem keveredhetek botrányba diplomáciai testület tagjaként, de ne féljen, a válásom már megérett és túl van minden kétségen. Csak időzítenem kell, mert még egy éve sincs, hogy összeházasodtunk.

– Megértem. Azért engedje meg, hogy kifejezzem örömömet, hogy megismerhettem egy ilyen asszonyt, mint ön. A felajánlott segítségemre a jövőben is számíthat, s mint barátot is maga mellett tudhat. Remélem, láthatom még!

– Ez a minimum, hogy a barátaim közé fogadom a megmentőmet. Bármikor elérhet engem a római Holland Intézetben a via Omero 10–12-ben.

– Fel fogom keresni!

– Örülni fogok. A viszontlátásra! – mondta ki szívből jövő átérzéssel Lory, majd elindult a kapálózó Greg és apósáék csónakja felé, vissza a vízbe.

A csónakban fagyos lett a hangulat Lory beszállásával, aki a hajó orrának deszkaborítására hasalt, hátat fordítva a többieknek. Greg először próbálta megenyhíteni Lory haragját, amiért elhagyták, de nem sok sikerrel járt. Így robogtak vissza a gaetai halászkikötőbe, ahol Dave olyan lendülettel közelítette meg a kikötő mólóját, hogy az összes kipakoló búvár eldobott mindent a kezéből és Dave-nek adott utasítást, hogyan kerülheti el a becsapódást és a hajó széttörését. Végül Greg gyorsan átvette a kormányrudat, és hátramenetbe téve teljes gőzzel lelassította a csónakot, ami így nyugodtan besiklott a kikötőhelyére. Lory abban a pillanatban kipattant a mólóra és indult átöltözni, de Greg utánaszaladt s győzködni kezdte, hogy jöjjön vissza, mert Dave szeretné jóvátenni a dolgot, és még két órára kibérelte a csónakot, s most bizonyítani szeretné rátermettségét. Lory kezdetben hallani sem akart az ötletről, végül azonban Greg könyörgőre fogta apja nevében a rábeszélést, és így Lory – tekintettel arra, hogy egy autóban kellett hazautazniuk és még napokig el kellett viselnie apósát és anyósát lakásában –, nem nyitott frontot és visszament a csónakba Greggel. Ezúttal Dave alázatosnak tűnő halvány mosollyal köszönte meg visszatértét, s elindult a csónakkal a nagy gaetai öbölben, keresztben Formia városa felé. Azzal azonban nem számolt, hogy az öböl jóval nagyobb volt, mint ahogyan látszott, s a nyílt tengeri levegő hasította a csónakban ülőket, akik ráadásul vizes fürdőruhát viseltek. A naplementével egyre elviselhetetlenebb lett a hideg szél, így a lányok magukra terítették az összes törölközőt és azok alatt vacogtak. Greg lassan bátorságot gyűjtött, hogy lebeszélje apját a formiai kirándulásról, s rávegye, forduljanak vissza. Nagy nehezen Dave beadta a derekát, belátva, hogy sötétedés előtt már semmiképpen sem érnek át, így visszafordultak, és még szürkület előtt partot értek. Ezután felöltöztek, elmentek vacsorázni, majd az egyetlen alkoholt nem fogyasztó, Lory ült az autó kormánya mögé, és hazavitte

a díszes társaságot Rómába. Másnap Lory villámgyors készülődés után elviharzott otthonról az irodájába, hogy minél kevesebbet találkozzon szállóvendégeikkel és férjével. Délben azonban
kénytelen volt csatlakozni hozzájuk, mert vele ebédeltek a lakásban. Lory gyorsan összecsapott egy félkész sofficini findus terméket, s próbálta lezárni füleit, nem hallani a társaság gyermeteg viháncolását: az előző napi kalandokon nevetgéltek, ami Lory
számára minden volt, csak nem vicces. Ekkor elhatározta, hogy
végre kiadja magából sérelmeit, és az addig csak ritkán hívott keresztszüleit felhívta az irodából. Keresztapja, Carlo vette fel a telefont, és amikor lágy, megértő, atyai hangon üdvözölte Loryt, a
lány nem bírta tovább tartani magát, s nyomban sírni kezdett.
Carlo megpróbálta megnyugtatni, s rávenni, hogy mondja el, mi
történt, valamint arra, hogy mielőbb jöjjön el hozzá Camogliba.
Lory sok időt töltött már keresztszüleinél a csodás ligúr kisvárosban, akik nagyon boldogok és büszkék voltak, mikor Lory elnyerte ezt a római munkát, s megígérték, szüleikként vigyáznak majd a lányra. Egyszer meg is látogatták őt itteni lakásában
Nick és a többi munkatárs nagy meglepetésére, mivel nem tudtak
Lory olaszországi személyes kötődéséről. Keresztszüleit egy régi
barátságnak köszönhette, ami egy konferencia során alakult ki
édesapja és Carlo között, s amit feleségeikre, Giussyra és Helenre is kiterjesztettek, s amit azóta is féltve őriznek és táplálnak.
Lory el is határozta, hogy ellátogat hozzájuk, hiszen ők lettek az
elsők, akik tudomást szereztek boldogtalanságáról. Addig azonban ki kellett tartania valahogy, magára erőltetett nyugalommal
és tettetett jókedvvel. A sok nyaralás miatt amúgy sem volt már
szinte egy nap szabadsága sem, így egyelőre telefonbeszélgetések
formájában adta ki a felesleges gőzt Carlónak és Giussynak, akik
nagy megértéssel, diszkrécióval és segítőkészséggel álltak az új
helyzetben Lory mellé. Greg szülei távozásával pedig valamelyest
visszaállt a békés hétköznapok „harmonikus" menete. Ez annak
is köszönhető volt, hogy Greg számára is beindult október közepén az akadémiai év, és ezzel a tanítás.

Az időzítés

A hétköznapi rendszerességgel azonban korántsem oldódott meg Lory számára az eredendő probléma: Greg ambiguitása, azaz biszexualitása, sőt azon belül is homoszexuális preferenciája. A döntést már meghozta, csupán az időzítésre kellett ügyelnie, hogy az munkáját és diplomáciai státuszát semmiképpen se zavarja meg. Tudta, hogy a bejelentése nagy feszültséget fog okozni mind a mit sem sejtő Greggel, mind pedig az összemelegedett szülőkkel szemben. Lory eddigi házasélete látszólag maga volt a tökély, hiszen az őt királykisasszonyként kényeztető Greg minden földi jóval elhalmozta, kivéve persze egy dolgot – amiről csak Lory tudott –, a szerelmét. Most, mint valami isteni sugallatra, épp, mikor egy nyugodt hétvégén Lory felhozta volna a problémát és óvatosan rávezette volna Greget a tarthatatlan helyzetre, Greg egy velencei hétvégét szervezett meglepetésként Lorynak, ahová Fano érintésével mentek, ahol megálltak egy rövid pihenőre Lillinél és Marcónál, hogy megnézzék, milyen nagyot nőtt már a kisfiuk, Claudio. Ezzel a kezdeményezéssel Greg keresztülhúzta Lory számításait, de nem volt mit tenni, belement a tervezett hétvégi kiruccanásba. Pénteken ebéd után indultak, s már délután Fanóba értek, ahol csupán egy-két órára álltak meg Lilliéknél. Onnan egyenesen Velencébe mentek, ahol a nagy parkolóban hagyták az autót és vízitaxival mentek a Szent Márk térre néző Baglioni Hotelbe, ahol a szállásukat lefoglalta Greg. Ennél szebb szállodát elképzelni sem lehet: elegáns, csillogó, fenséges, akár maga a Serenissima városa. Már péntek este kimentek a városba egy eredeti középkori étterembe vacsorázni, majd egy nagyot sétálni az esti velencei utcácskák és csatornák, a callék között. Lory balga módon még mindig adott volna egy esélyt Gregnek, ha a fiúnak sikerült volna kifejeznie ezen a hétvégén, hogy bármilyen is a szexuális beállítódása, csak és kizárólag Lory az ő párja, és senki mással nincs és nem is lesz semmilyen félreérthető kapcsolata. Emellett Lory elvárta volna Greg romantikus szerelmének kifejezésre juttatását is így a sötét, elhagyott velencei utcák egyikében egy „lopott" csókkal, s egy igazi, Velencéhez illő, szerelmes hétvégével. Azonban első este a séta alatt ennek nyoma sem mutatkozott, Greg csupán beszélgetni szándékozott Loryval, és semmilyen szerelmes közeledést nem tett az éjszaka folyamán sem. A szállodai szobában is a TV-re aludt el, szinte azonnal, pár perccel a lefekvésük után. Másnap a középkort idéző nagy étteremben elfogyasztották korai, de kiadós reggelijüket, majd kimentek a városba sétálni, s még a délelőtt folyamán Greg egy gondolát bérelt ki számukra, annak a hosszú útjára. Ez volt Greg számára nyilvánvalóan a nagy terv, hogy visszahódítsa Loryt, akinek kiábrándultsága szerelméből már ezek szerint Greg tudatáig is eljutott. Minden úgy is alakult, ahogyan Lory sejtette: amikor a Sóhajok hídjához értek, Greg megcsókolta, egészen addig, míg át nem haladtak a híd alatt. Utána nagy, elégedett mosollyal karolta át a szorosan mellette ülő Loryt. Pedig Lory szerint a csók nem adott okot elégedettségre, mert szenvedélymentes és kötelességízű volt. Mindennek köszönhetően a gondolázás szépsége és a kiábrándult szerelem kettőssége csapongott Loryban. A nap folytatása is a kiábrándultságot erősítette meg, mert Greg számára a maximum közelség, amit ki tudott alakítani Loryval, az egy számítógépes játék volt, mégpedig a Lara Croft, aminek egy része Velencében játszódik, s volt, hogy Loryval együtt játszották. Lorynak azonban ez már nem volt elég. Már nem vágyott gyermekre Gregtől, s be kellett látnia, túl voltak minden lehetséges ponton, ami még visszabillenthette volna a mérleg nyelvét Greg felé. Sajnálta, mert anyagilag és társadalmi megbecsülés terén könnyed és felhőtlen életet élhetett Greg mellett, viszont csak látszólagos boldogságban, s cserében a lelkéről kellett volna lemondania, ami nem érte meg az

„üzletet". Lory ekkor döbbent rá, hogy ő a maastrichti katolikus közösség tagjaként tényleg katolikus értékeket szívott magába, és nem tudott lepaktálni az ördöggel, csak hogy gondtalan életet élhessen. Rádöbbent továbbá, hogy nem akarja kiüresedett kapcsolatban bejárni a világot, s ezzel a fájó, mardosó érzéssel felfedezni annak legszebb részeit, hanem inkább nem utazik annyit, de az igaz értékek, és érzések, az igaz szeretet kell, hogy vezesse útján. Most örült csak igazán, hogy csak polgári esküvőt tartottak, s nem Isten előtt fogadtak örök hűséget egymásnak.

A lapos este megismétlődött, így nagy körítés, kevés tartalom jellemezte: elmentek egy kedves kis középkori étterembe, ahol mindenki nevetgélt és felszabadultan magyarázott a társainak, csak ők ültek némán, s most érezte igazán Lory a szakadást kettejük közt. Már nem volt miről beszélniük, s ezt aránylag jól kezelték már mindketten: Greg reménykedve, hogy helyrehozta a kapcsolatukat, amiről nem is sejtette, hogy helyrehozhatatlanul aláásta, Lory pedig beletörődve a közelgő válásba, ami már magától közeledett, Lorynál erősebb, belülről fakadó erők hatására. Vacsora után megint a szokásos rutin következett: lezuhanyoztak egymás után, bekapcsolták a TV-t, majd elaludtak. Másnap reggel Greg megint úgy ébredt, mintha minden a legnagyobb rendben lenne. Lementek reggelizni, majd kijelentkeztek és felmentek összepakolni, hogy még 10 óra előtt el tudják hagyni a szobájukat. Az úton hazafelé Greg vezetett, Lory élvezte a változatos olasz táj szépségét, s csak arra tudott gondolni, talán egyszer még ő is megtalálja igazi párját, mint szülei, s vele oszthatja meg ezt az elmondhatatlanul felemelő érzést: együtt utazni szívünk választottjával, és csodálni az úton a szebbnél szebb helyeket a világon. Végül mikor hazaértek, Lory örömmel pattant ki az autóból és vetette bele magát az otthoni édes kötelezettségekbe. Felhívta gyorsan Nicket, hogy tájékozódjon a hétvégén történtekről, majd Phillel egyeztette a következő hét közös művészeti tanóráikat. Rádöbbent, hogy csak itt, Rómában, az ő saját életét élve tudja elviselni a romokban heverő párkapcsolatát, és lassan összehegeszteni apró darabokra hullott szívét.

A mérföldkő

Mivel a velencei szerelmes hétvége nem hozta meg a várt eredményt, így Lory számára megmaradt a gond, mikor és hogyan tálalja párjának, hogy a dolgok így nem mehetnek tovább, s már nem lát megoldást a problémáikra. Úgy vélte, a legjobb, ha egyik este, vacsora után beszélgetést kezdeményez, és szépen rávezeti Greget a tényekre, s arra, hogy tulajdonképpen így ő sem boldog. Sikerült is a témát felhoznia, azonban Greg nem ismerte el a helyzet menthetetlenségét, kitartott amellett, hogy ő még szerelmes Loryba, csak azért nem tudja jobban kimutatni, mert az apjáéknál, Japánban töltött évek alatt túl nagy önmegtartóztatásban kellett élnie. Ám Lorynál ez a lemez már lejárt. Ezt a kifogást a kapcsolatuk elején még elfogadta, de most már olyan tapasztalatok érték Greg ambiguitásáról, amelyek számára megdönthetetlen bizonyítékot jelentettek homoszexuális hajlamára. Ám mivel egyszer már annyira kihozta Greget a béketűréséből, hogy a fiú összetört egy ágyat, ezért most inkább mellőzte ennek az érvnek a bevetését. Végül Greg azzal állt elő, hogy az utóbbi hónapokban azért nem közeledett Loryhoz, mert próbára akarta tenni magát, hogy bírni fogja-e hűséges párként, ha majd gyermeket várnak. Mindennek eredményeként kikönyörgött egy éves haladékot még, hogy bizonyítson párjának.

Másnap Greg már ki is talált egy hozzá illő tervet, mégpedig, hogy karácsony után közvetlenül utazzanak együtt nővérével, Angelique-kel és annak családjával Andalúziába telelni. Lory elfogadta a felkérést, mert úgy vélte, ennyit még kibír annak érdekében, hogy megmentse a menthetetlennek tűnő házasságukat. Igazából bensője, amely már nem kívánt gyermeket Gregtől, azt súgta, minél előbb lépjen ki ebből a kapcsolatból, de az eszére hallgatott, ami viszont azt sugallta, milyen meggondolatlanságra vallana a házasságot egy éven belül felbontani. Ráadásul a szülők is jó barátok lettek, s a válással minden borulna, s a feje tetejére állna, amitől Lory – hősiesen bevallva magának – rettegett. Már nem is tudta, még miben reménykedett, mikor elfogadta Greg haladékkérelmét. Talán valamiféle csodára várt, s arra, hogy újból visszatér szívébe annak a felemelő tündérmesének az érzése, amit a házasságuk kezdetén megízlelhetett.

A hetek és hónapok gyorsan teltek, s alattuk a párkapcsolatukban semmi nem fordult jóra, sőt Lory november elején egyszer rajtakapta Greget a mosdóban, miközben önmagának szerzett örömet. Ez olyannyira kihozta a sodrából, hogy kiosztotta Greget, miért nem vonja be őt a testi örömök iránti vágyába, miért taszítja el őt és hagyja ki álmaiból. Greg ugyan elszégyellte magát, de semmi komolyabb érvet nem tudott felsorakoztatni tette megvédése érdekében. Lory számára pedig ez egy újabb mérföldkő volt, amit átléptek elhidegülésük fájdalommal teli, rögös útján.

Nem mellékesen Phil és Anna is mérföldkőhöz érkezett kapcsolatukban, mert szeptembertől Anna Barcelonában kezdett meg egy év gimnáziumot, zoológiai fakultáción. Phil elmondásából kiderült, hogy terveik szerint karácsonyig, amire Anna hazajön, csak telefonon és skype-on tartják a kapcsolatot, aztán pedig a tavasz folyamán egyszer Phil fog kilátogatni Annához. A művészeti különórájukon most előszeretettel kérdezgette Phil Loryt a távkapcsolat működéséről és kibírhatóságáról, s így alig esett szó köztük érdemi tanulásról. Lory egyelőre nagyon vigyázott, hogy ne áruljon el semmit házassága zátonyra futásáról még Philnek sem.

Pár napra rá, hogy Phillel találkoztak, Lory meglepetésére egyik este Anna hívta fel őt telefonon Barcelonából.

– Szia Lory, Anna vagyok Barcelonából! – kezdte ijedt hangon a lány.

– Szia, Anna! Mi újság, hogy vagy?

– Jaj, ne haragudj, hogy zavarlak, de csak hozzád fordulhatok, senki más nem értene meg engem ebben a helyzetben.

– Milyen helyzetben? Mondd csak el nyugodtan!

– Képzeld, kiderült, hogy teherbe estem. A Phillel eltöltött utolsó együttlétünkkor történhetett. Nekem senki másom nem volt!

– Elhiszem, Anna, csak ne idegeskedj, majd mindent megoldunk. Mennyi idős a baba?

– Most járok a harmadik hónapban. Biztos, hogy szeptember elején történt, az indulásom előtt.

– Tudom, Anna. Még senki másnak nem beszéltél róla?

– Nem mertem. Most mi lesz?

– Azt javasolom, hogy Phillel beszélj róla nyugodtan, ő meg fogja érteni. A szüleiddel meg várj addig, míg hazajössz karácsonyra, mert nekik a vallásuk miatt melléd kell állniuk. Ugye az nem is kérdés, hogy meg akarod tartani?

– Hát persze, hogy meg akarom tartani, csak úgy félek! Még nem terveztünk semmi komolyat.

– Képzeld, én személyesen tudom, hogy Phil tervezte veled a jövőjét már tavaly télen is. Már el is akart jegyezni téged. Biztos, hogy számíthatsz majd rá! Ezt garantálom!

– Tényleg? Ezt biztosan tudod?

– Igen, ő mondta nekem, és tanácsot kért tőlem. Én akkor csak annyit mondtam, hogy látszik, hogy igaz szerelem köt össze benneteket, ami minden nehézséget kibír, és hogy nem kell elsietnie, mert az idővel az ilyen szerelem csak egyre erősödni fog.

– Jaj, de jó ezeket hallani! Szóval azt mondod, beszéljek vele?

– Mindenképpen. Ne érezze, hogy kihagytad ebből a fontos, közös döntésből! Ez mindkettőtökre egyformán tartozik. Minél előbb megteszed, annál jobb! Akár még ma este. Csak bátran és őszintén, drágám! Meglátod, nem lesz baj!

– Annyira köszönöm, Lory! Olyan jó, hogy mindezt elmondtad! Akkor felhívom.

– Helyes! Nem is húzom az időt. Szia! Csókollak!

– Én is téged! Szia, és köszönöm! – Anna letette a kagylót, Lory pedig ott maradt a sötét szobában gondolataiba merülve, a két hozzá közel álló fiatal előtt tornyosuló akadály mérlegelésével, s megállapította, hogy na, ez aztán a mérföldkő mindkettejük párkapcsolatában.

A tél hozta gondok

Az intézetben Lory által installált őszi kiállítás most a holland kortárs művészek műveit kezdte bemutatni, amiből viszont olyan jelentős mennyiség jelentkezett és kapott hangsúlyt a kritikusoktól, hogy Lory kénytelen volt ennek a témának egy második ciklust is szentelni, mégpedig a karácsonykor nyitó kiállítás keretén belül. Erre az alkalomra most egy nemzetközi konferenciát is szervezett Lory, amit újév-indítónak szánt, „Tér és forma a kortárs művészetben" címmel. Veltmann-nak ez nagyon elnyerte a tetszését, s kifejezetten büszke volt rá a többi intézet és akadémia vezetőségének körében. Arra nem is mert volna gondolni még legmerészebb álmában sem, hogy Lory többek között azzal a hátsó szándékkal rendezte ezt a konferenciát, hogy Veltmannt a legjobb hangulatába hozza, valami magas röptű feladatra terelje a figyelmét, s így az minél jobban fogadja majd a hírt Anna terhességéről és fia apaságáról. Már csak pár nap volt karácsonyig, s Anna és Phil már alig várták a hír bejelentését, mert akkor már túlestek volna a nagy megpróbáltatáson. Lory a saját nyomorúsága mellett felcsapott első számú bizalmasnak, támogatónak és védelmezőnek Anna és Phil mellett. Szerencsére a két fiatal szerelme valóban az égben köttetett, de sajnos ezt csak Lory tudta, a szüleik nem győződhettek meg felőle.

A konferenciával megegyező című kiállítás december 23-án, hétfőn este nyílt meg, pont azon a napon, amikor a déli géppel Anna hazaérkezett. Lory tanácsát megfogadva a fiatalok először Anna szüleit avatták be a helyzetbe. A de Angelis házaspárnak nagyon ügyesen tálalták a hírt: Lory és Phil mentek előre a csomagokkal, hogy takarják Anna már látványosan domborodó pocakját. Az első szívélyes üdvözlet után Phil a megbeszéltek szerint megfogta leendő apósa és anyósa kezét és megkérte tőlük leányuk kezét. Azok elkerekedett szemekkel hátrahőköltek, de a meglepett mosolyt nem tudták elfojtani szájukról. Azt csak az tudta letörölni róluk, mikor az addig takarásban álló leányuk elől félreállt a két beavatott kísérő, és Phil kijelentette:

– Örömhírrel szolgálhatunk, mert gyermeket várunk!

Luciano és Marta de Angelis gyorsan leültek a szalonban egy-egy fotelbe, s maguk elé parancsolták a két fiatalt. Még jó, hogy Lory is jelen volt, mert így azért valamelyest adtak még a formaságokra, és kedvesebb hangnemben szóltak gyermekükhöz és leendő vejükhöz. Épp ezért a beszélgetés alatt Lory végig ott maradt velük, bár a feje már húzta volna vissza az intézetbe a kiállítás megnyitója miatt. Hála Istennek, Luciano és Marta végül jól álltak hozzá az új helyzethez, s mikor meghallották Phil aggodalmát afelől, hogyan fogják majd fogadni mindezt az ő szülei, érdekes javaslattal rukkoltak elő.

– Miért nem esküdtök össze, még mielőtt bejelentenétek a hírt a szüleidnek? Ha ezt megteszitek, még mielőtt tudnának a babáról, akkor el kell majd fogadniuk összetartozásotokat, aminek már legális gyümölcse lehet a kis jövevény – fejtegette Marta a véleményét, melyben férje sűrűn bólogatva osztozott.

– Ez bizony meggondolandó elképzelés – szólt közbe Lory bátorítólag a fiatalok felé. – Phil, a szüleid Annát már ismerik és elfogadták, tehát csak meg kellene erősíteni kapcsolatotokat, amit te már, ahogy nekem mondtad a múlt tavasszal is, meg szerettél volna tenni egy eljegyzés formájában. Hát, most itt az idő. Addig azonban tényleg jobb, ha a szüleid nem találkoznak Annával és nem tudnak a kicsi érkezéséről. Mindamellett a szüleid ebben az időszakban mérhetetlenül le lesznek foglalva a kiállítás és az a köré szervezett nemzetközi konferenciánk miatt, aminek köszönhetően büszkék lesznek rád, amiért felelősen, felnőtt módjára magad intézed és rendezed az ügyeidet és a párkapcsolatodat.

– Teljesen egyetértek! – jelentette ki Marta. – S ma már az sem gond, hogy Phil evangélikus felekezethez tartozik, mert a vegyes házasság megengedett a felekezeteink között, csupán a gyermeket kell majd katolikusnak keresztelni. Ha ezzel egyetértesz, be is adhatjuk az esküvői kérelmet. Don Giorgio majd mindenről tájékoztat, ő a Santa Maria in Trastevere templom plébánosa, mi is az ő nyájába tartozunk, s mi is abban a templomban esküdtünk.

– De megnyugtató ezt hallani! – szakadt ki Philből a fellélegzés öröme. – Drágám! – fordult Annához. – Látod, minden rendben lesz. Te csak ne félj semmit! Azonban úgy vélem, nem kellene visszamenned a második félévre Barcelonába. Nagyon veszélyesnek tartom!

– Mit mondjak, ezzel is egyet kell értenem – csatlakozott Marta leendő vejének véleményéhez. – Itthon mindent sokkal biztosabban kézben tudunk tartani és a váratlan eseményekre is felkészülten tudunk reagálni, ha ne adja Isten, sor kerülne valami olyasmire.

– Rendben van. Azt kell mondanom, igazatok van. Meggyőztetek – fogadta el megadóan Anna szerettei aggódó érveléseit. – Nem megyek vissza. Majd a barátnőmmel elküldetem az otthagyott holmimat.

– Helyes, akkor ezt megbeszéltük. Marta, kezdje el szervezni az esküvőt Don Giorgióval. Anna, te az intézet közelébe sem jöhetsz! Nem szabad, hogy Phil szülei tudomást szerezzenek az állapotodról. Phil jöhet naponta vagy kétnaponta hozzád, azzal legalább kifejezésre juttatja szülei számára a kapcsolatotok fontosságát – szögezte le Lory ellentmondást nem tűrő hangon. – Most pedig, Phil, mi mehetünk is haza. Már ezer tennivaló vár rám az esti megnyitó miatt. Búcsúzzatok el gyorsan! Kint várlak a kocsiban.

A megnyitó gond nélkül, remekül zajlott le, sőt óriási sikert aratott, eddig nem látott tömegeket vonzva a galériájukba. A kortárs művészet előnye, hogy minden ma élő, mondvacsinált művészt érdekel, akik elmennek minden ilyen témájú eseményre annak reményében, hogy felhívhatják magukra valami híres műkritikus figyelmét, vagy bárkiét, aki venne a műveikből. Továbbá minden befektetést kereső újgazdag is eljön az ilyen jellegű programokra, hogy bemutassa „műértését" és fitogtassa vagyonát, amivel a legelképesztőbb és legsemmitmondóbb műveket is meg tudják venni horribilis összegekért. Rajtuk kívül már csak a szokásos műértő közönség volt jelen, akik szinte minden megmozdulásuk alkalmával hű közönséget jelentenek. A megnyitó fogadással zárult, amin alig lehetett eljutni a finomságokkal teli svédasztalokhoz, olyan tumultus alakult ki körülöttük. Lory amúgy sem evett ezeken az eseményeken, mert a társalgás teljesen lefoglalta, csak épp a látszat kedvéért tett a tányérjára egy-két ínycsiklandó falatot, s azzal reprezentált az igazgató és a fontos VIP-kapcsolatok között.

Késő éjjel ért véget a vigadalom, s Lory, alig hogy lezuhanyozott, fáradtan, de elégedetten dőlt be az ágyba. Élete egyik legnagyobb kalandját indította be Phil titkos esküvője formájában. Másra nem is tudott gondolni, mielőtt álomba merült, csak az villódzott szemei előtt, hogy Veltmannék meg ne sejtsenek valamit a karácsonyi ünnepek alatt, amíg többet lehetnek maguk között a családjukban.

Másnap reggel szinte furcsa volt számára, hogy Greg mellett ébredt, annyira kizárta a figyelméből a saját gondját, míg Annára és Philre koncentrált. Ráadásul Greg irtózott a kortárs művészettől, s ezt kategorikusan fel is vállalta bármilyen társaságban, így Lory örömére tegnap este nem vett részt az esemény egy részén sem. Gyors közös reggelit követően elbúcsúztak és mindketten munkába mentek, hiszen a december 24-e – olaszul karácsony előestéje, azaz a vigília – még munkanap, s akinek van mit tennie az irodájában, az bizony kénytelen bemenni és végezni a teendőivel még az ünnep előtt. Gregnek vizsgára készülő diákjai jelentették a tennivalókat, míg Lory az utolsó simításokat kellett, hogy megtegye a nemzetközi konferencia szervezésében. Az előadók már mind visszajelezték részvételüket, az utazásuk, szállásuk és előadásuk időpontja már szintén biztosítva és tisztázva lett. Ami még hátravolt, azok a nyomdai ügyek, mint a kellő számú nyomtatott program és a nagy plakátok. Lory, miután ezt is elintézte a nyomdában, teljes erővel koncentrálhatott Annára és Philre. Marta úgy egyezett meg

Leonardo atyával, hogy az esküvő december 27-én 10 órakor legyen. Lory, amint tudomást szerzett az időpontról, elkezdte szervezni a magánéleti ügyeit, hogy Greg számára is gyanú nélkül lehessen távol. Azt találta ki, hogy a barátnőivel, Ceciliával és Elisabettával fog találkozni délelőtt, ruhapróbára mennek a szilveszteri bálhoz, és velük is ebédel majd 27-én. Phil szüleit viszont a konferenciával sikerült lefoglalni, mivel a köszöntőt Paul Veltmann mondja majd, aminek szövegét Lory írta meg, s amit ha igyekezni akart minél szabadabban elmondani, akkor alaposan meg kellett tanulnia. Phil pedig idén is Annákénál töltötte a karácsonyi ünnepeket, ami így már szokássá vált, s egyáltalán nem volt feltűnő a szülők számára.

A karácsonyi vacsora is a szokásos módon zajlott le majdnem az összes munkatárs és házastársa részvételével, ugyanis Nick bejelentette, hogy idén otthon, Hollandiában tölti az ünnepeket, s csak az év első programjára, a konferenciára jön vissza. Ennek következtében Lory és Phil úgy vélték a legjobbnak, ha be sem avatják Nicket a tervükbe. Mindemellett Lory igyekezett minden alkalmat megragadni, hogy a Veltmann házaspárnak dicsérje fiuk érettségét, talpraesettségét, határozottságát, megbízhatóságát és önállóságát. Azért arra nagyon ügyelt, hogy a magasztalást ne vigye túlzásba, mert ha feltűnő lett volna, az épp az ellenkező hatást váltotta volna ki a gyanútlan szülőkből, akik úgy tudták, fiuk egészen újévig, az iskolakezdésig Annánál marad, amit minden ellenérzés nélkül fogadtak. A 24-i éjféli mise után természetesen Lory még visszajelzett Philnek az eseményekről, s szülei hogylétéről. Már alig várta, hogy túllegyenek az esküvőn, mert akkor már senki sem állhat a szerelmesek közé. Addig azonban még volt három nap, ami alatt óvatosan igyekezett Veltmann közelében maradni, és lefoglalni őt a konferenciával kapcsolatos fontos személyi kapcsolatokkal és tudományos információkkal, amit szerencséjére az igazgató nagyon jó néven vett, s még saját ötletekkel is gazdagított. Így teltek Lory számára oly lassan az esküvőig még hátralévő napok.

A titkos esküvő

Általában az egyik legnehezebb dolog egy esküvő szervezésében, hogy a sok vendéget értesítsük, meghívjuk, ültessük stb. Ám ebben az esetben épp az ellenkezője bizonyult fogós feladatnak: hogyan tartsuk teljesen titokban az eseményt. Nos, eljött a várva várt nap. Lory alig tudta szabaddá tenni magát Veltmann gyanakvása nélkül, de végül egy ügyes hazugsággal, hogy a szilveszteri ruháját megy próbálni a barátnőivel a szabóhoz, ez is sikerült. Nagyon résen kellett lennie, nehogy mást mondjon Veltmann-nak, mint Gregnek, mert akkor gyorsan lelepleződik a turpisság. A Santa Maria in Trasteverében Leonardo atya előtt csak az ifjú pár, Anna szülei és nagyszülei – mert Lucianónak és Martának is éltek még a szülei, s ki nem lehetett volna hagyni őket e nagy eseményből –, majd a két tanú jelentek meg, valamint Anna tanújának kísérője, Luca. A szertartás rövid és tömör volt, mégis romantikus és megható. Anna és Phil örökre összekötötte életét. Lory Phil tanújaként, Teresa pedig – Anna legjobb barátnője lévén – a menyasszony tanújaként került bejegyzésre a házasságlevélbe. Bár a jegyespár egyszerre volt aggódó, zaklatott és megilletődött – a kísérőik nem kevésbé –, Lory mégsem látott még náluk boldogabb párt a világon. Nem számított, hogy Anna nem egy divattervezői szalonból származó ruhát viselt, hanem csak egy sima, törtfehér – mell alatt bővülő – reneszánsz ruhát, még is ő volt a világ legszebb menyasszonya. Loryt teljesen magával ragadta a látvány, s Leonardo atya beszéde. Az esemény után Marta, az örömanya meginvitálta a szűk körű, díszes társaságot egy ebédre a GRA körgyűrűn kívül, a via Appia mellett található il Cavolo étterembe, ahová így több személyautóval érkeztek. Lory mindig szerette ezt a vidéket, ami a Castelli Romani első lankáin fekszik. Az étterem Grotta Ferrata előtt található, a Castelli egyik mellékútja közti „szigeten", mert az út szétváló, két szemben egyirányú sávja közé építették. A tulajdonos maga is serénykedik a kiszolgálók között, s személyes kapcsolatot tart a vendégekkel, akiket nagy kedvességgel vesz körül, s ő maga veszi fel a rendeléseket és tesz javaslatokat a választásra kerülő ételekre, közben mindenkihez van egy-két kedves szava. A körülmények tehát ideálisak voltak egy kitűnő hangulatú ünnepi ebédhez, amihez Marta még időben le is foglalta az alkalomhoz előkészített, pazaron feldíszített és megterített asztalt. Arra középen, hosszanti irányban a fehér damasztterítőre egy hosszú, virágos folyondárt helyeztek el, s annak kanyarulatai közé kerültek a vizes-, pezsgős és borospoharak – az antik hatású fehér tányéroktól megfelelő távolságra és irányba elhelyezve –, valamint kis üvegvázákban színes rózsák, az asztal közepén pedig hatalmas, különféle színes virágokból álló csokor pompázott egy nagy antik vázában. Különös módon Martának még az ültetést is sikerült megszerveznie, így mindenkit a levendulával átkötött damasztszalvéta fölé tett kis ezüst kártyatartó halacskába tűzött, névre szóló lapocska irányított helyére, ahová kis emlék ajándékcsomagot is elhelyeztek minden egyes meghívott számára. Lory tudta már előre, hogy nem maradhat sokáig, mert az elhúzódó kimaradása nagy feltűnést keltene az intézetben, ezért már az elsők között gratulált és átadta ajándékát az ifjú párnak, s közölte velük, hogy két óránál többet nem tud velük tölteni.

– Teljes mértékben megértjük – felelte Phil Annával egyszerre –, és hálásan köszönjük a mérhetetlen segítséget, amit jelentett számunkra a szerep, amit e menyegzőben játszottál! Örülünk, hogy azért legalább pár órát velünk ünnepelsz! Érezd jól magad!

– Nagyon szívesen tettem. Végtelenül boldoggá tesz, hogy most már minden rendben! – Majd elindult megkeresni a helyét az asztalnál.

Az ebéd a la carte menetű volt, így Lory előételnek sárgadinynyét kért nyers pármai sonkával, majd szarvasgombás linguine tésztát, fő fogásnak pedig egy sztéket grillezett zöldségekkel. Lezárásnak ivott egy kávét, majd elköszönt. Anna biztosította Loryt, hogy mindenképpen tesznek félre számára a tortából, amit Lory el kellett, hogy utasítson óvintézkedésből:

– Jaj, csak azt ne – tört ki belőle –, mert nem fogom tudni megmagyarázni Gregnek, hogy honnan van.

– Majd azt mondod, vetted egy cukrászdában. Ne aggódj, majd figyelünk, hogy jól legyen becsomagolva a cukrászda papírjába. Sőt jobbat tudok: nem is kell azt mondanod, hogy vetted, mert majd Phil beadja nektek, s azt mondja, hogy a karácsonyi ebédről maradt.

– Na jó, de csak ha így megoldható. – Elköszöntek, s Lory bepattant az autójába, hogy visszasiessen az intézetbe.

Még épp időben ért haza, hogy ne tűnjön fel senkinek a túl hosszú kimaradása.

A szilveszter

Az óév búcsúztatóját és az újév köszöntőjét a Holland Intézet munkatársai és családtagjaik mindig együtt ünnepelték, s az igazgató nagyon ügyelt rá, hogy mindenki ott legyen ezen a tradicionális szilveszteri bálon. Eddig Phil is mindig jelen volt Annával együtt, ezért most sem tudtak kibúvót találni, s kénytelenek voltak szembenézni a házasságuk és a reájuk váró gyermekáldás bevallásának feladatával. A Veltmann házaspár igazán nyitott, megértő és toleráns felfogású volt, de Phil attól tartott, hogy egy ilyen hír talán még őket is kihozhatja a béketűrésből. Most már csak egyszer tudtak összeülni és felkészülni a tények tálalására, mégpedig Lory utolsó ruhapróbájának apropójából, 30-án délelőtt. Annak köszönhetően, hogy Marta varrónőként dolgozott a Cinecittá ruhakészítő műhelyében, Lorynak valóban sikerült egy új ruhával gazdagodnia, amit Marta készített számára, s amivel így elejét vehette az otthoniak gyanakvásának. A megbeszélt stratégiájuk pedig a következő volt: szilveszter napján, mikor már a Veltmann szülők is kényelmesen felkeltek és túljutottak a reggeli készülődésen, Phil elhozza Annát, és miután Lory is csatlakozott hozzájuk, felmennek az igazgatói rezidenciába, s egyszerűen bejelentik boldogságukat és a helyzetet. Így is tettek. Phil magára vállalta a fő szónok szerepét, s még mielőtt Anna és Lory megjelentek volna Veltmannék előtt, szép bevezetővel igyekezett lágy stílusban, lassan közelíteni a tények felé.

– Tudjátok, hogy már több mint egy éve együtt vagyunk Annával és mennyire szeretem őt! Nos, elhatároztuk, hogy összeházasodunk.

– Nem lenne az egy kissé korai? Hisz' még csak gimnazisták vagytok – mondta Phil édesanyja, Ingrid.

– Bizony, fiam, az ilyen nagy lépéseket jól át kell gondolni az életben, mert ezekben nem szabad hibázni. Ha csak lehet – erősítette meg felesége álláspontját Paul Veltmann.

– Látom, bővebben ki kell fejtenem a helyzetet. Úgy áll a dolog, hogy én már a nyár elején szerettem volna feleségül venni Annát, de Lory lebeszélt, úgy, ahogy most ti próbáltok, de mivel szeptember óta kisbabát várunk Annával, így muszáj megtennünk. – Gyorsan az ajtóhoz ment, kinyitotta, és behívta Annát és Loryt. A Veltmann szülők csak álltak ott tágra nyílt szemekkel, levegőért kapkodva, s tekintetüket le sem tudták venni Anna pocakjáról. Miután Anna udvariasan köszönt a szobába lépéskor, pár perc kínos csend következett. Aztán Phil magához ragadta a szót:

– Az igazat megvallva már döntöttünk, és senki sem állhat közénk! Akarjuk ezt a kisgyermeket, és már össze is házasodtunk. Csak azt szeretnénk, ha ti is elfogadnátok a helyzetet, s velünk örülnétek.

– Veletek örüljünk, mikor kihagytatok a nagy napból? Az egyetlen fiunk esküvőjén nem vehettünk részt? – fejtegette nézőpontját Ingrid meglehetősen elkeseredetten.

– Te ezen vagy fennakadva, mikor a fiunk épp most vágta el maga előtt a karrierjét? – fortyant fel Paul Veltmann.

– Ugyan, apu! – szúrta közbe különös bravúrral mondanivalóját Phil. – Hiszen a karrieremet így is tudom építeni, és fogom is! Semmiről nem mondtam le. Művészettörténész–régész szakra megyek a La Sapienzára. Ezen a téren ez a legjobb egyetem a világon, ezt ti is tudjátok. Az a tény pedig, hogy már összeházasodtunk, nem jelenti azt, hogy kihagytunk benneteket az örömünkből, mert a polgári esküvőt még nem rendeztük meg. Ha gondolod, anya, ezt rád bíznánk.

– A szertartást a capitoliumi díszteremben fogyjuk tartani. Pompás fogadást fogunk rendezni utána! Bízhattok bennem, majd én kézbe veszem az ügyet. Hát mégsem hagytál ki minket! – Szorosan átölelte, s arcon csókolta fiát.

Loryra nem is volt szükség végül. Örömmel konstatálta, hogy a fiatalok nélküle is megoldották ezt az embert próbáló feladatot. Azért az igazgató a megenyhült hangulat ellenére odahajolt hozzá, és kissé számonkérő hangon odaszúrta:

– Ön, feltételezem, mindenről tudott.

– Igen, igazgató úr, de a tényeken már nem lehetett változtatni, s hála Istennek, a fiatalok szerelme őszinte és rendíthetetlenül, kitartottak egymás mellett ebben az erőpróbában is. Én csak segítettem egyengetni az útjukat.

– Nagyon szépen köszönjük. Annyira hálásak vagyunk! Ugye ezt akartad mondani, drágám? – válaszolt férje helyett Lorynak Ingrid Veltmann.

– Igen. Köszönjük szépen, dottoressa Hennes! – mondta ki végül köszönetét az igazgató is, felesége nyomására kissé kelletlen hangon, de azért beletörődött átéléssel.

Így megkezdődhetett az év felhőtlen búcsúztatása. Mind összegyűltek a rezidencia hatalmas nappalijában és megkezdték a táncot és a svédasztalon kínált ínyencségek kóstolgatását. Senki nem sejtette, hogy Lory épp ezekben a pillanatokban zuhan vissza saját problémájába, házassága krízisébe. Eddig ugyanis Phil és Anna miatt teljesen mellőzte önmagát, mert nem lett volna ereje minden fronton helytállni. Most viszont azzal, hogy Veltmannék megtudták és elfogadták fiuk életének új fordulatát, Loryra már nem nehezedett a titoktartás súlya és újból foglalkozhatott saját magával. Greg mindebből semmit sem vett észre, és a szilveszteri bálon is könnyed viccelődésbe merült az intézet dolgozóival, ezért Lory kénytelen volt még táncolni is vele, mikor férje felkérte. Miközben táncoltak, a szíve elszorult, és csak arra tudott gondolni, hogy mit keres ő itt, ennek az embernek a karjaiban, miközben az csak álcának használja őt a világ előtt. Ettől elszorult a torka és majdnem zokogásban tört ki, így csak hagyta, Greg hadd élvezze a pillanatot boldog tudatlanságban.

Konferencia lelki viharokkal

Amint elmúltak az évvégi ünnepek, az intézet minden munkatársa a konferenciára koncentrált. Az előadó vendégek és hozzátartozóik érkezésével pedig mindenkinek jutott bőven feladat. Lory volt az esemény főszervezője a gyakorlatban, míg formálisan Paul Veltmann irányított mindent. A portától a gondnokon át Loryval bezárólag az egész intézet olyan volt, mint egy felbolydult méhkas. A vendégek érkezését és szállásuk elfoglalását Lory intézte, s mindenkinek adott a konferencia hivatalos programjából egy példányt. Másnap reggel pedig már sor is került az első előadásokra. Lory alig várta a kávészünetet, hogy megpróbálja felhívni Nicket, aki valami rejtélyes okból nem ért vissza a vakációjáról. Sikerült is beszélniük végre, s így Lory megtudta, hogy Nick már a repülőtéren van Amszterdamban, s még aznap délután megérkezik. Lory megígérte, hogy kiküldi érte a reptérre Gigit. Aztán folytatódott a konferencia. Hatalmas érdeklődésre tett szert ez a téma, hiszen Róma a világ művészetének egyik legjelentősebb központja. Lory is élvezte a sok szakmai kérdést a közönség részéről, mert ez is bizonyította a konferencia jelentőségét.

Már egészen el is feledkezett magánéleti csődjeiről, amikor a délután befutó Nick boldogan elújságolta neki, hogy otthon eljegyezte régi gimnáziumi szerelmét, Caroline-t. Ekkor túlcsordult a pohár Lory lelkében, és e hírek hallatán sarkon fordult és kipenderült az irodából, s egyenesen hazarohant lezuhant az ágyra és hangos zokogásban tört ki. Nick megkövülten ámult el Lory kiviharzásán, s nem értve a lány fura reakcióját, megpróbálta hasznossá tenni magát a konferencián. Épp megkezdődött a délutáni kávészünet, s ekkor Veltmann odament hozzá

és értetlenkedve kereste rajta Loryt, mert utoljára Gigi vele látta
őt beszélgetni, de azóta se híre, se hamva nem volt, s nagy szük-
ség lett volna rá. Nick azt az utasítást kapta, hogy azonnal ke-
rítse elő Loryt akár a föld alól is. Nicknek fogalma sem volt, hol
keresse Loryt, ezért a női mosdóban kezdte, majd Lory irodájá-
ba ment, végül a lány lakása felé vette az irányt. Mikor odaért,
már látta, hogy valaki van a lakásban, mert nyitva volt az ajtó.
Belépett hát, s hangosan szólongatta Loryt, majd a hálószobá-
hoz közeledve meghallotta a lány zokogását. Kopogott az ajtó-
félfán, majd óvatosan odament az ágyon hasaló Lory mellé, és
megsimogatva annak fejét megkérdezte:

– Lory, mi a baj?

– Minden – felelte a lány teljes kétségbeesést sugárzó hangon.

– Nem értelek. Mégis mi történt, hogy így elkeseredtél?

– Már hónapok óta szenvedek, csak palástolnom kellett, de
már nem bírom tovább – fakadt ki végső elkeseredésében Lory.

– Hónapok óta? Semmit nem lehetett észrevenni rajtad.

– Na igen. Pályát tévesztettem; színésznőnek kellett volna
mennem.

– Nem tudom, mi az a súlyos teher, amit hónapok óta cipelsz,
de az biztos, hogy most Oscart kaptál volna az alakításodért.

– Kösz – felelte Lory szipogva, s elfogadta a fiú által kínált
zsebkendőt, hogy letörölje könnyeit.

– De mégis mi történt? A szüleiddel van valami? Tudok se-
gíteni? Az Istenért, mondj már valamit! – faggatta a lányt Nick
egyre vehemensebben.

– Nem, nem velük kapcsolatos. Nem tudom, jó-e, hogyha el-
mondom. Különösen most, hogy a boldogság kapujában állsz.

– Mi köze ennek hozzám? Lory, most már végképp semmit
nem értek!

– Na jó, hát legyen. Greg nem szeret engem: eltaszít, nem kí-
ván, miközben azt mondja, szeret és minden jól van úgy, ahogy
van. Közben volt alkalmam felfedni, hogy valójában meleg.

– Ó! Hát ez durva. Most mit teszel?

– Elválok. Csak tudnám, hogyan sikerül őt rávenni erre. Még
jó, hogy csak polgári esküvőnk volt, így nem érzem hozzáláncolva,

örökre elveszettnek magam. – Ekkor megcsörrent a telefon, s
Lory válaszolt is nyomban. Gigi volt, aki Veltmann üzenetét to-
vábbította arról, hogy azonnal jelenjen meg a konferenciaterem-
ben. Így megszakadt beszélgetésük, s miután Lory rendbe hozta
sminkjét, együtt elindultak és csatlakoztak a társasághoz. Még
tartott az épp aktuális kávészünet, így még időben érkeztek, Vel-
tamann nagy megnyugvására. Lory estig ki sem látszott a teen-
dőkből, amikor is a vendégek mind hazatértek szállodájukba.
Csak másnap, a konferencia zárása után tartottak fogadást, így
ezen az estén mindenki ott vacsorázott, ahol csak szeretett vol-
na. Lory így Greggel maradt, aki továbbra sem mutatta halvány
jelét sem annak, hogy bármi rosszul működne házasságukban.
Sőt bejelentette, hogy barátja, Leslie Talbot ellátogat hozzájuk
egy hétre. Loryból csupán annyi tört fel:

– Nem gondolod, hogy ezt előbb velem kellett volna meg-
beszélned?

– Jaj, drágám, hiszen tudtam, hogy szívesen látod, és úgy-
sem utasítanád vissza.

– Nem, nem utasítottam volna vissza, csak éppen lehet, hogy
nem hívtam volna meg – zárta le morózusan a beszélgetést.

– Jó, most már mindegy. Nem? Szombaton itt lesz.

– Remek. – Lory kiment a konyhába, hogy a főzéssel elte-
relje a figyelmét kínjairól. Csendesen megvacsoráztak Greg-
gel, majd elvonultak dolgaikat átnézni és olvasni egy kicsit le-
fekvés előtt.

Másnap a konferencia záró szakasza következett, s miután
szokás szerint délben adtak egy frissítőt, minden résztvevő nagy
elégedettséggel vett részt a délutáni szekción, este pedig nagy
fogadást rendeztek. Ilyenkor Loryra különösen nagy felelősség
hárult, mert ő igazgatta a vendégek társalgását és mutatta be
az egymást még nem ismerő vendégeket. Nick azért talált egy
pillanatot, amikor közel férkőzhetett Loryhoz, s azonnal a lé-
nyegre terelte a szót.

– Lory! Arról még nem mondtál semmit, miért érint ez a
helyzet Greggel engem is. Kérlek, ne titkolózz, mert belehalok
a kíváncsiságba!

– Jó. Majd elmondom, csak nem most. Majd ha vége lesz ennek az egésznek. A fogadás után hullafáradtak leszünk, de holnap majd átmegyek hozzád ebédidőben. Mit szólsz?

– Rendben. Akkor holnap, ebédnél. De egy perccel sem később!

– Jó-jó. Ne aggódj – mondta még a lány, mielőtt Veltmann odament hozzá beszélgetni az egyik előadó professzorral.

Később, még a fogadás alatt Lory látta Greget, hogy vidáman falatozik és cseverészik Phillel és Isabellával, majd látta, mikor férje jelezte neki, hogy most már elege volt és hazamegy. Lory egy félig erőltetett mosollyal és egy fejbiccentéssel válaszolt. Mire ő is hazaért, Greg már javában aludt. Csak most, a pihentető zuhany alatt fogta fel, hogy döntő pontra ért kapcsolata, mert ha másnap mindent bevall Nicknek, már nem lesz kiút. Majd felmerült benne a kérdés, akarja-e egyáltalán, hogy még legyen kiút a házassága megmentésére. A válaszra számára is meglepő módon, de automatikusan döbbent rá: igen, még akarja. Vágyott rá, hogy férje odaforduljon hozzá a hitvesi ágyban és elborítsa őt csókjaival, de azt is tudta, hogy erre hiába vár. Sőt tisztában volt a ténnyel, hogy férje inkább tenné a szépet Leslie Talbotnak, mint neki, a feleségének. Egyértelműen átlátta már, ő csak egy alibi-feleség s egy anyának kiszemelt nő, mert Greg gyermeket is akart.

Másnap Greg egész nap az egyetemen volt, a konferencia vendégei pedig mind a repülőtéren voltak már, így Lory és Nick találkozóját délben semmi sem zavarta meg.

– Gyere be! Megkínálhatlak valamivel? Ebédeltél már? – invitálta otthonában Nick Loryt.

– Köszönöm, de egy falat sem megy le a torkomon, míg nem beszéltünk.

– Jó. Hát akkor egy teát azért töltök neked is, épp most forrt fel a víz, amellett majd elbeszélgetünk – s már hozta is a teáskannát, és töltött mindkettőjük csészéjébe.

– Rendben. Akkor kezdhetem? – hangolódott rá mondanivalójára Lory a gőzölgő teája mellett ülve.

– Kérlek! – biztatta őt a fiú, s leült a lány melletti fotelbe.

– Ne nézz szélhámosnak, meggondolatlannak vagy szeszélyesnek, kérlek! Mert egyáltalán nem ezek motiválták a tetteimet és a döntéseimet.

– De Lory! A legmerészebb álmaimban sem gondolom egyiket sem rólad! Hogy is juthat ilyen eszedbe?!

– Jó-jó, most ezt mondod, mert nem ismered a tényeket és a történet egészét.

– Hidd el, ha elmondod, sem foglak ilyen jelzőkkel illetni, de kíváncsian hallgatom a történeted.

– Hát akkor jól figyelj! – S Lory belekezdett szerelmi életének bemutatásába, a bimbózó, majd határtalan, lángoló szerelméről Nick iránt, s végül a váratlanul felbukkanó Greg elragadóan szókimondó és odaadó, ám már szinte zsaroló szerelmi vallomásáig, és leánykéréséig. Aztán jött csak az elmúlt év az összes hullámzó meglepetésével, a sok álcázott visszaéléssel Lory bizalmával, de főleg minden fergeteges csalódásával és bánatával. A történet befejeztével csöndbe burkolóztak néhány percig, ami Lory számára egy örökkévalóságnak tűnt.

– Tudom, minden az én hibám. Nem kellett volna hozzámennem Greghez! Most válhatok el, és kezdhetek mindent elölről egyedül – buggyan ki belőle végül, még mielőtt Nick szólhatott volna, ám ő sem váratott magára sokáig.

– Dehogy, Lory! Nem vagy hibás, csupán egy áldozat. Annyira sajnálom! Ha tudtam volna, csak legalább egy kicsit is sejtettem volna az igazságot! De ki gondolt volna erre? Ne hibáztasd magad emiatt, majd ketten mindent helyrehozunk. Nem vagy egyedül. Ezt tudnod kell!

– De mi lesz Caroline-nal? Nem akarom tönkretenni a boldogságodat!

– Ugyan, miket beszélsz! Nekem te vagy a boldogságom. Bármilyen kegyetlenül hangzik is, Caroline csak egy pótlólagos megoldás volt. Ő is csak hálás lehet, ha esélyt kap egy valódi szerelemre a jövőben, amit velem biztosan nem kapott volna meg, mert a szívem már a tiéd réges-régen.

Ekkor Lorry könnyekben tört ki a boldogságtól, amit, úgy érzett, be sem tud fogadni, de azért összeszedte magát és válaszolt.

– Úgy szeretlek! Kérlek, vedd kezedbe a szerelmünk igazgatását, mert bennem már nincs erő harcolni. Csupán azt vállalom, hogy Greggel a válást elintézem. A szüleimet pedig tájékoztatom, s alkalomadtán beavatom a részletekbe.

– Rendben, drágám! Bízd csak rám! – Magához húzta a lányt, és forrón megcsókolta.

Az igazság pillanata

Este Lorry már alig várta, hogy Greg hazaérjen, s amikor férje belépett a lakásba és lepakolta holmiját, azonnal meginvitálta őt a szalonba egy italra.

– Ó, micsoda kedvesség, asszonykám, már rég nem fogadtál így.

– Ne viccelődj! Komoly dologról kell beszélnünk. Tudok a kapcsolatodról Leslie Talbottal, és nem vagyok hajlandó tovább falazni neked egy alibi-ribi szerepében.

– Te meg miről beszélsz?

– Te is tudod, hogy mindenkinek joga van őszinte szerelemből házasodni. Te viszont hazudtál nekem, mert nem szeretsz engem. Legalábbis nem úgy, ahogyan azt egy házastárs megérdemli. Ne is tagadd, nem vagy szerelmes belém, és nem is voltál. Bele kellett nyugodnom, hogy nem is leszel soha, ezért feladom a kísérletezést arra, hogy meghódítsalak.

– Te teljesen félrebeszélsz! Megőrültél? Én tényleg szerelmes vagyok beléd!

– Azért taszítasz el magadtól? Még az üdvözlő csókokat sem vagy hajlandó viszonozni, s már fogadni sem! Más nőt legalább hetente megcsókol a férje, te meg félévente kötelességből teszed, s utána olyan dicsőülten elégedett vagy, hogy az már nem is felháborító, hanem röhejes!

– A szüleimre nem gondoltál? Leányukként szeretnek téged, elvittünk Japánba, beutazhatnánk együtt a világot.

– Igen, talán mint két testvér, vagy mint két egymás mellett élő jó barát. Sajnálom, nekem több kell. Igazi, viszonzott szerelemre vágyom.

– Szóval te nem gondoltad komolyan, amikor igent mondtál nekem?

– Ha elmondtad volna az igazat magadról, soha nem is mondtam volna igent. Így nekem magamnak kellett felfednem az igazságot, s most már csak a válás lehet a kiút.

– Hogy mersz engem pont te homoszexualitással vádolni? Teljesen megőrültél! Te ezt már el is döntötted, igaz? Jó, én nem állok az utadba. Ha már nem szeretsz, jobb is lesz, ha különválunk! Nekem már nem lesznek gyermekeim. Teljesen kiábrándultam a házasságból.

– Egyetértek. Keress magadnak minél hamarabb egy lakást, mert innen el kell költöznöd, hogy megkezdjük a különélést.

– Csak még előbb hadd látogasson el hozzánk Leslie, mert meghívtam őt a kedvesével, Steve-vel a Kanári-szigeteki nyaralásunk viszonzásaképpen.

– Áh! Szóval még hotelként is működjünk? Nem mondtad a Kanári-szigeteken, hogy az egy csere-üdültetőprogram volt! A hátam közepére sem hiányoznak a barátaid, pont ebben a pillanatban! Mikor jönnének?

– Jövő pénteken.

– Szó sem lehet róla! Mondd le!

– De mit mondjak? Mi voltunk számukra az álompár.

– Oh, egy álompár egészen mást jelent, s gyanítom, neked fogalmad sincs, hogy mit is jelent igazán. Ja, mondj, amit akarsz, de javasolom az igazat!

– Tudod, nekem te több vagy, mint egy nő, hát nem érted? Én a lelkedet szeretem!

– Tudod, én meg arra vágyom, hogy testestül-lelkestül szeressenek. Látod, nem is tagadod, hogy te csak a lelkem szereted.

– A legtöbb férfi meg csak a testedet szeretné! Hát nem jobb, ha a mi kapcsolatunk ilyen légiesen magasztos?

– Tudod, talán ez elég is lett volna számomra, ha nem kerülsz kompromittáló helyzetbe Leslie-vel a Kanári-szigeteken. Azóta nem bízom benned. Olyan emberrel pedig nem tudok együtt élni, akiben nem bízom.

– Ezt nem is mondtad! Milyen kompromittáló helyzetre gondolsz?

– Jaj, ne játszd meg nekem az ártatlant! Amikor felmentél sziesztaidőben Leslie-hez „beszélgetni", egy jó félóra múltán utánad mentem, és a hálószobán kívül nem voltatok sehol.

– Úristen! Annyira sajnálom!

– Szóval elismered.

– Jó, igen, volt köztünk valami, de csak testi vonzalom, nem úgy, mint veled! Nekem te vagy a lelki társam!

– Á, szóval a lelki társnak nem tartozunk testi hűséggel? Tudod, én egy személyben keresem a testi-lelki-szellemi társat. Lehet, hogy túl sokat kívánok, de nem adom alább! Jobb, ha engem elfelejtesz!

Ekkor megcsörrent a telefon: a szülei hívták Loryt, így a beszélgetésnek vége szakadt. Éjszakára pedig Greg átköltözött a vendégszobába.

Másnap a reggelinél fagyos volt a hangulat köztük, s Lory türelmetlenül várta, hogy Greg elinduljon az egyetemre, ő pedig az irodába mehessen. Ott épp, hogy csak lehuppant a székre, mint aki semmit nem aludt, Nick lépett be az ajtón, odasuhant hozzá és megcsókolta. Alig tudták elengedni egymást az öleléből. Ekkor Nick, szorosan tartva Lory derekát, odasúgta neki:

– Mostantól mindennap együtt kell töltenünk egy kis időt, mert különben megőrülök!

– Jaj, de jó, hogy ezt mondod, mert én ugyanígy érzek. Máskülönben nem tudom végigcsinálni ezt az egészet!

– Ne aggódj semmit, mert együtt csináljuk végig. Viszont a hétvégére Amszterdamba megyek, hogy Caroline-nal megbeszéljem a dolgokat. Ezt muszáj személyesen, ugye megérted?!

– Hát persze. Ezt még kibírom valahogy.

– Hétfőre már itt is leszek, így Veltmann sem szólt semmit.

– Nagyon jó, akkor haladunk!

– Bizony, és nem állunk le! Most viszont mennem kell dolgozni, mert talán még nem jött el az ideje, hogy mindebbe beavassuk a munkatársakat.

– Egyetértek. Majd ha már az első lépéseket megtettük, akkor elmondjuk. – Nick egy búcsúcsókra még odahajolt Loryhoz, majd sebesen távozott.

A nap gyorsan eltelt, s Lory ismét egy esti diszkurzusra készült férjével. Greg kicsit késve ért haza, s fénytelen tekintettel köszöntötte Loryt.

– Na, hogy ment a munka? – kérdezte Lory a férjétől.

– Most ezt komolyan kérdezed? Alig tudtam koncentrálni a tegnap esti vitánk miatt.

– Oh, sajnálom, én meg hónapok óta alig tudok koncentrálni a munkámra, mert te annyira eltaszítottál magadtól. Egyszerre éreztetted, hogy nem kellek neked egy bizonyos pontnál közelebb, ugyanakkor ez így jó volt neked. Tudd meg, hogy nekem nem volt jó így!

– Most már értem, és sajnálom. Annyira sajnálom! Nekem már nem lesz családom és gyerekeim.

– Ezt azért nem tudhatod.

– De én tudom.

– Bár a legjobb lenne, ha beismernéd, hogy Leslie-be vagy szerelmes, és nem kínoznál több nőt! Apropó, remélem beszéltél Leslie-vel és nem jön ide az épp aktuális ágyasával!

– Beszéltem Veltmann-nal és ideadta számukra az intézet vendéglakását.

– Remek, szóval csak idejönnek.

– Neked nem lesz velük teendőd, én mindent elintézek!

– Remélem is, de biztosan el akarod majd hívni őket hozzánk egy este, vagy tévedek?

– Na igen, egy vacsorára mindenképpen, s jó lesz, ha tőlünk, kettőnktől halják a válási szándékunkat is.

– Na jó, nem bánom. De csak egy este, és nem kísérgetem őket a városban!

– Rendben, nem is kell, én majd megoldom. Veszek ki szabadságot arra a hétre.

Ezt a beszélgetést követően már alig váltottak pár szót Greg meleg barátainak megérkezéséig. Leslie amúgy egy nagyon kedves, vonzó külsejű, középkorú férfi volt, Steve, a barátja pedig egy kis, törékeny alkatú revütáncos fiú. Örömmel elfoglalták az intézet vendéglakását, és már az első este átjöttek Lory lakásába vacsorára, hiszen még nem vásárolhattak be az esti géppel való érkezésük miatt. Válásuk híre nagyon megdöbbentette őket.

– Na, ezt sosem feltételeztem volna rólatok! – fakadt ki Leslie a fettuccine majszolása közben. – Titeket tartottunk a tökéletes párnak. Lehetetlen, hogy feladjátok.

– Már eldőlt, és nincs visszaút – vágta rá Greg, ismerve neje lelki állapotát.

Vacsora után Leslie kiment dohányozni a teraszra, s Lory utánavitt egy hamutartót.

– Lory! Mi az igazi gond köztetek? Nekem elmondhatod! Az ágyban nem mennek jól a dolgok?

– Na igen, az az egyik legborzasztóbb az egészben: több milliószor taszított el magától, és nem vágyik fizikai közeledésre felém.

– De tudtad, hogy ő igazából meleg, nem? Azért még nem kell elválni, csak tarts szeretőt!

– Nem, nem tudtam. S na, azt már nem! Nem hagyom magam belesodorni egy házasságtörő szerepébe! Ha nem megy őszintén együtt, akkor külön folytatja ki-ki a maga útját. – Azzal sarkon fordult és beviharzott a lakásba, s bőszen belevetette magát a vacsora romjainak eltakarításába. A sírás csak azért nem bukott felszínre belőle, mert Nickre gondolt, aki kettejük jövője miatt most Caroline-nal tárgyalt. Ez a gondolat felmelegítette szívét és már nem bánta, mi zajlik körülötte.

A következő napok sem érdekelték Loryt, már csak az lebegett a szeme előtt, hogy mire Nick visszatér, addigra mindent megbeszéljen szüleivel és testvérével, Steve-vel. Ezzel nem is volt gond; mint az előre látható volt, könnyen megértették a helyzetet. Nem is tehettek mást, hiszen minden ok egyértelműen a válás mellett szólt.

– Tudom, anya, hogy nem telefonon kellene ezt megbeszélnünk, de most nem tudtam elszabadulni a munkából. Tudod, mivel Nick elment – ami fontosabb volt kettőnk miatt –, most nem hagyhatom itt én is az intézetet.

– Tudom, kicsikém, megértem. Ne aggódj. Különben apád sokszor melléfog érzelmi ügyekben, de ezúttal igaza lett: már az első kézfogásnál Greggel az volt róla a véleménye, hogy puhány és nem elég férfias.

– Ne mondd, ezt sosem említette.

– Na igen, ismered apádat, el nem venné a kedvedet semmitől, amit nagyon szeretsz, és akkor – meg kell hagyni – nagyon szeretted Greget.

– Ez igaz. Drága apuci!

– Aztán itt van az a rengeteg drága ajándék, amivel Greg elhalmozott téged. Erre apád azt mondta: „Na, ez mind azért van, hogy kompenzáljon valamit".

– Ez egyszerűen félelmetes! Sosem gondoltam volna apuciról, hogy ilyen éles szeme van, s így a dolgok mögé lát!

– Most csak koncentrálj magadra, drágám! Mi mind melletted vagyunk. Meglásd, majd minden jóra fordul! – Ezután elbúcsúztak egymástól.

Lory a bátyja miatt nem aggódott; tudta, hogy azonnal védelmébe fogja majd venni, ha megtudja a hírt.

– Tudod, hugi, csak egy szavadba kerül, és én ellátom a baját!

– Nem, Steve, köszönöm, de nem kell!

– Akkor hazahozzalak? Kibírod ott egyedül a sok feszültség között?

– Igen, kibírom, nem kell hazavinned, de nagyon hálás vagyok a felajánlásért! Szeretlek.

– Én is, hugi. Tudod, csak szólnod kell és megyek!

Ezek után a szavak után Lory mintha új erőre kapott volna, és már semmi nem érdekelte, csak Nick és közös jövőjük jó irányba terelése.

Ahogy azt Nick gondolta, Caroline-nal nem volt egyszerű megértetni az új helyzetet és lemondani az esküvőt. Nick mindent bevetett, de sajnos Caroline sem adta könnyen magát, ezzel az ellenállással azonban pont az ellenkezőjét érte el: Nick már barátnak sem tudta volna elfogadni, így végleg szakított vele. Vasárnap már felszabadultan érkezett vissza Rómába, az intézetbe, és rohant azonnal Loryhoz, hogy tudassa vele az örömhírt. Lory a fiú nyakába ugrott a boldogságtól, s ő is közölte az eredményét, miszerint Greg elköltözött egy bérlakásba, így egész este együtt maradhattak. Már el is kezdték tervezgetni az esküvőt és az azt követő életüket. Eldöntötték, hogy Rómában tartják majd a menyegzőt, és csak a család és kollegáik körében ünnepelnek majd.

Az esküvő

Szinte lélegzethez sem jutottak, s már eljött az esküvő napja. A júniusi Róma a legpompásabb helyszín és idő egy menyegzőhöz, amit ráadásul a nagy múltú Santa Maria in Ara Coeli templomban tartottak, s onnan átvonult a násznép Anzio városába, ahol egy mesés kerthelyiségben szervezték meg a pazar ünnepi partit. A boldogság így kiteljesedett s mindenkire rátalált, amit együtt ünnepelhetett az intézet minden dolgozója, valamint a friss házasok minden rokona és barátja. A fiatal pár Korfu szigetét választotta nászútja céljául, ahová másnap reggel kéz a kézben el is indultak, s ezzel megkezdték a közös jövőjükbe vezető boldog utazásukat.

VÉGE

novum KIADÓ A SZERZŐKÉRT

Értékelje
ezt a könyvet
honlapunkon!

www.novumpublishing.hu

EIN HERZ FÜR AUTOREN A HEART FOR AUTHORS À L'ÉCOUTE DES AUTEURS MIA ΚΑΡΔΙΑ ΓΙΑ ΣΥΓΓΡ
HJÄRTA FÖR FÖRFATTARE UN CORAZÓN POR LOS AUTORES YAZARLARIMIZA GÖNÜL VERELIM SZÍ
CUORE PER AUTORI ET HJERTE FOR FORFATTERE EEN HART VOOR SCHRIJVERS TEMOS OS AUTO
SZERZŐINKÉRT SERCE DLA AUTORÓW EIN HERZ FÜR AUTOREN A HEART FOR AUTHORS À L'ÉCOU
CORAÇÃO ВСЕЙ ДУШОЙ К АВТОРАМ ETT HJÄRTA FÖR FÖRFATTARE Á LA ESCUCHA DE LOS AUTOF
AUTEURS MIA ΚΑΡΔΙΑ ΓΙΑ ΣΥΓΓΡΑΦΕΙΣ UN CUORE PER AUTORI ET HJERTE FOR FORFATTERE EEN
YAZARLARIMIZA GÖNÜL VERELIM SZÍVÜNKÉT SZERZŐINKÉRT SERCE DLA AUTORÓW EIN HERZ FÜF
VOOR SCHRIJVERS TEMOS OS AUTORES NO CORAÇÃO ВСЕЙ ДУШОЙ К АВТОРАМ ETT HJÄRTA FÖ

A szerző

Gresina Szilvia Balassagyarmaton született,
1970.10.12-én. Az ELTE szociológia szakán mester-
képzésben vett részt, majd a La Sapienza Egyete-
men tanult. Ezt követően Rómában helyezkedett
el RMA munkatársként, majd a Trieszti Tudomány-
egyetem kutatójaként, s tizenkét évig dolgozott
Olaszországban. Hobbija a jóga, fitnesz, olvasás,
filmek, kertészkedés. Német, angol és olasz nyel-
ven beszél, keresztszülei olaszok. Elvált, gyermeke
nincs. Irodalmi előzményként életinterjúi szolgálnak
a Kék forrás című helyi lapban, illetve 2013-ban,
e-book formában megjelent Az etruszkok világa
című műve.

OR FORFATTERE EEN HART VOOR SCHRIJVERS TEMO
ÖW EIN HERZ FÜR AUTOREN A HEART FOR AUTHORS
M ETT HJÄRTA FÖR FÖRFATTARE Á LA ESCUCHA DE LOS AUTORES YAZARLARIMIZA
IΣ UN CUORE PER AUTORI ET HJERTE FOR ORFATTERE EEN HART VOOR SCHRIJVERS
NKET SZERZŐINKÉRT SERCE DLA AUTORÓW EIN HERZ FÜR AUTOREN A HEART FOR AUTHORS
ES NO CORAÇÃO ВСЕЙ ДУШОЙ К АВТОРАМ ETT HJÄRTA FÖR FÖRFATTARE UN CORAZÓN
UTE DES AUTEURS MIA UN CUORE PER AUTORI ET HJERTE FOR FORF
RES YAZARLARIMIZA NKET SZERZŐINKÉRT SERCE DLA AUTORÓW

novum ▲ KIADÓ A SZERZŐKÉRT

A kiadó

Aki feladja,
hogy jobbá váljon,
feladta,
hogy jobb legyen!

E mottó alapján a novum publishing kiadó célja
az új kéziratok felkutatása, megjelentetése,
és szerzőik hosszútávú segítése. Az 1997-ben
alapított, többszörösen kitüntetett kiadó az egyik
legjelentősebb, újdonsült szerzőkre specializálódott
kiadónak számít többek között Ausztriában,
Németországban és Svájcban.

Valamennyi új kézirat rövid időn belül egy
ingyenes, kötelezettségek nélküli kiadói
véleményezésen esik át.

További információkat a kiadóról és
a könyvekről az alábbi oldalon talál:

www.novumpublishing.hu